Shijie
Shida Gudian
Beiju Gushi

世界十大
古典悲剧故事

金金◎编著

所谓经典是历经岁月沉淀时间淬炼的结果所谓经典是传承千年不灭的精华所在

内蒙古出版集团
内蒙古文化出版社

图书在版编目(CIP)数据

世界十大古典悲剧故事 / 金金编著 .— 呼伦贝尔：内蒙古文化出版社，2010.12
ISBN 978-7-80675-858-8

Ⅰ.①世… Ⅱ.①金…Ⅲ.①戏剧文学—故事—作品集—世界Ⅳ.①I14

中国版本图书馆 CIP 数据核字（2010）第 233343 号

世界十大古典悲剧故事
SHIJIE SHIDA GUDIAN BEIJU GUSHI
金金 编著

责任编辑 姜继飞
装帧设计 大象设计

出版发行 内蒙古文化出版社
地　　址 呼伦贝尔市海拉尔区河东新春街4－3号
直销热线 0470－8241422　　**邮编** 021008

排版制作 北京鸿儒文轩文化传播有限公司
印刷装订 三河市华东印刷有限公司
开　　本 710mm×1000mm　1/16
字　　数 184千
印　　张 12.75
版　　次 2011年1月第1版
印　　次 2022年4月第2次印刷
印　　数 8001—13000 册
书　　号 ISBN 978-7-80675-858-8
定　　价 45.00元

前 言

所谓经典，是历经岁月沉淀、时间淬炼的结果，是传承千年不灭的精华所在。在世界两千多年的戏剧史上，优秀的戏剧作品像夺目的瑰宝一样绚烂，像人类文化和精神世界的宝藏一般珍贵。它们如同甘露一样滋养着一代又一代人，陶冶着那些渴望至真与真爱的心灵。这些经典的作品历经风吹雨打，依旧岿然屹立，影响着数不清的人。

文学赋予人类最典型的精神意义和价值，就是独具审美魅力又充满人文情怀的生命体验。古典文学的精华，几千年来丰富着人们的心灵世界，支撑着人们的思想灵魂。古典文学正是世界文化的精彩亮点，它们犹如璀璨的明珠，闪耀在历史的星空，等待着人们去采摘、去收集。

阅读是对世界和人生的一种间接体验，好书是人一辈子的良师益友，好的文章能陶冶人的心灵，提升阅读品味，指引人走向成功。

正因为如此，选择这些经典著作，给读者朋友们创造一个与好文章、好作品零距离接触的机会时，在每一篇文章的改写过程中，我都试图踏上时间隧道，回到历史中，与那些曾经激励过我们、曾经感动过我们的剧中人对话。而这无疑是一次完美的心灵之旅。很多时候我感觉自己好像已经穿越了时光隧道，深入到作者生活的年代和环境，重新感受故事的背景和脉络。我既像一个台下翘首企盼的观众，又像剧中的角色，真实地体验着剧中人物的喜怒哀乐。

这本书包括的内容，是那些人人耳熟能详的名篇《阴谋与爱情》、《奥赛罗》、《大雷雨》、《熙德》、《安德洛玛克》、《哀格蒙特》、《凡尼亚舅舅》、《俄狄浦斯王》、《被缚的普罗米修斯》、《美狄亚》。它们的作者是莎士比亚、奥斯特洛夫斯基、席勒、欧里庇得斯、埃斯库罗斯等名家。阅读它们，一定能让你重温经典，享受美感。

这些作品蕴含着优美的语言，闪光的思想，独特的意境，能够传达更加深邃的人生哲理。它们衣被后人，彪炳千秋。作为有生命力的文学作品，它们的思想内涵是极其丰富深厚的。阅读经典，能给人以美的享受，能让人真切地感受社会生活，丰富精神世界，开拓眼界，更好地规划人生。从这些千古流传的古典故事中，你一定会读出做人的滋味，做人的情趣，做人的智慧，做人的意义。

《阴谋与爱情》是德国18世纪杰出戏剧家席勒的著名剧作。当时德国处在政治分裂、经济落后的封建社会，分裂成许多封建小邦，各邦统治者大公施行残暴的独裁统治。故事讲述了平民琴师的女儿露伊斯和宰相的儿子斐迪南真心相爱，然而，在等级制度森严的年代和勾心斗角的宫廷阴谋下，这样的爱情根本不可能存活，最终以二人的死亡告终。戏剧结构紧凑，情节生动，冲突激烈，揭露了社会的不平等以及宫廷内部争权夺利的种种阴谋与恶行，反映了18世纪德国社会宫廷贵族阶级和小市民阶级的尖锐矛盾。

《奥赛罗》是莎士比亚的四大悲剧之一，大约于1603年所作。故事中的男主角奥赛罗是威尼斯公国一员勇将，他与元老的女儿苔丝德蒙娜相爱。但由于他是黑人，婚事一直得不到肯定，两人只好私下成婚。奥赛罗手下有一个阴险的旗官叫伊阿古，因为不被提拔就想除掉奥赛罗。他先向元老告密，后来又挑拨奥赛罗与苔丝德蒙娜的感情，说另一名副将凯西奥与苔丝德蒙娜关系暧昧，并伪造了所谓的定情信物。奥赛罗信以为真，在愤怒中杀死了妻子。等真相大白后，奥赛罗悔不当初，在愤怒中拔剑自刎，倒在了苔丝德蒙娜身边。对于主角奥赛罗的看法通常有两种：一种是他是位坚强博大和灵魂高尚的英雄，其之所以杀害爱妻，只是由于轻信奸谗者伊阿古所致；另一种则是奥赛罗并没有那么高尚，而是个自我意识很强、性格有缺陷的人，他听信伊阿古的话，责任主要在他。

第三篇

大雷雨

45

《大雷雨》，奥斯特洛夫斯基作于1859年。故事发生在伏尔加河河畔的一个小城，纯洁美丽的卡捷琳娜嫁给了平庸无能的卡巴诺夫，专横的婆婆卡巴诺娃压迫得卡捷琳娜透不过气来。她不甘心这样屈辱地生活着，鲍里斯的出现为她黑暗的生活带来了希望，他们勇敢地约会了。最后，胆小懦弱、严重信奉宗教的卡捷琳娜在关键时刻讲出了一切，在大雷雨中纵身跳进了伏尔加河，以死向黑暗的农奴制社会作了最后的抗争。卡捷琳娜是19世纪俄国戏剧中最美丽动人的悲剧女性形象。19世纪俄国革命民主主义评论家杜勃罗留波夫曾高度评价卡捷琳娜这一形象的思想艺术价值，称她是“黑暗王国里的一线光明”。

第四篇

熙德

63

唐罗狄克与施曼娜相爱了，但这对情人的父亲却因为国王选太子师傅一事争吵起来，因话不投机，施曼娜的父亲愤怒地打了对方一记耳光。唐罗狄克的父亲跑回家中，向儿子说明了经过。儿子心中顿时矛盾起来，父仇不可不报，但对方又是爱人的父亲，是要父亲还是要爱人呢？最后他的理智战胜了爱情，找到了施曼娜的父亲，并在决斗中杀死了爱人的父亲。自己的父亲竟为爱人所杀，施曼娜心中万分矛盾，最终她下决心请求国王处死唐罗狄克。故事的最后，国王想出了一个办法——通过唐罗狄克和别的勇士决斗来分出胜负，胜利者将迎娶施曼娜。最终唐罗狄克胜出了，施曼娜也因此原谅了他。

《安德洛玛克》取材于希腊文学，以理性为标准，基本遵守“三一律”，因而被称为法国第一部标准的古典主义悲剧。主人公安德洛玛克是特洛伊募雄赫克托尔的遗孀。特洛伊陷落后，安德洛玛克和儿子被俘成为希腊联军中庇吕斯国王的奴隶。她忘不了国难家仇，憎恨杀害她丈夫、毁灭了特洛伊的希腊联军，一直保护着唯一幸存的幼子，并在他身上寄托复国的希望。在贞节和儿子不能两全的情况下，她同意和爱比尔国王庇吕斯结婚，让他做自己儿子的保护人。她决心在婚礼完毕、儿子和庇吕斯“结上永远的关联”后立即自杀。安德洛玛克是剧中唯一一位正面人物，她不仅具有强烈的感情，而且还有高度的理性。她既以复国大业为重，又决不向仇人献出贞操。她的感情和理性是统一的，因而能临危不惧、战胜困难而成为胜利者。

剧本《哀格蒙特》取材于16世纪尼德兰人民反抗西班牙的斗争历史。哀格蒙特在历史上是一个动摇不定的贵族反对派，歌德把他写成一个为民族的自由和统一而斗争的、受到人民爱戴的英雄。但是哀格蒙特缺乏积极的行动，主张采取温和的手段，最后被处死。剧中仍然保留着狂飙突进运动的革命情绪，但人物的反抗精神已经降低。音乐家贝多芬根据该剧创作了一首名为《哀格蒙特》的著名乐曲，流传于世。

故事讲述了主人翁凡尼亚与外甥女索尼娅一起鞠躬尽瘁地经营已逝的姐姐留下的农庄，所挣的钱全部用来支持姐夫谢列勃里雅科夫的城市生活费用，并将自己一生的希冀和理想寄望在姐夫身上。姐夫退休后，携新任年轻太太叶列娜重返农庄，农村医生阿斯特罗夫、凡尼亚、索尼娅和叶列娜之间无奈的情感纠缠，改变了农庄平静的生活。凡尼亚在生活中逐渐发现姐夫只不过是个欺世盗名的庸碌之辈，他的生命意义仿佛幻灭了。最后，忘恩负义的谢列勃里雅科夫更贪婪地提出卖掉农庄，粉碎了忠诚的凡尼亚对他多年的尊崇和期待。气愤至极的凡尼亚最终拿起了手枪，对准了可恶的谢列勃里雅科夫。剧本故事取材于日常生活，情节质朴，进展平稳，富有深刻的象征意义。

《俄狄浦斯王》是古希腊索福克勒斯的戏剧代表作之一，着重反映了主人公反抗“命运”但又不能摆脱命运的悲惨遭遇，显示了雅典自由民对社会灾难无能为力的悲愤情绪。俄狄浦斯智慧超群，热爱邦国，大公无私，在命运面前，不是俯首帖耳或苦苦哀求，而是奋起抗争，设法逃离“神示”的预言。他猜破女妖的谜语，为民除了害。最后，为了解救人民的瘟疫灾难，他不顾一切地追查杀害前王的凶手，使真相大白，又勇于承担责任，主动请求将他放逐。作者在故事中承认命运的存在，同时谴责命运的邪恶，赞扬主人公在跟命运斗争中所表现出来的坚强意志和英雄行为。因此，尽管结局是悲惨的，但这种明知“神示”不可违而违之的精神，正是对个人自主精神的肯定，是雅典奴隶主民主派先进思想意识的反映。

《被缚的普罗米修斯》是埃斯库罗斯最著名的悲剧作品，代表了作者的创作水准，也是对后世影响最大的作品之一。剧中揭示了反对暴君统治的主题。由于普罗米修斯将天火送给人类，教导人类劳动，赋予人类智慧，被一心要消灭人类的宙斯绑在高加索山上，但是普罗米修斯反抗宙斯的意志并未因此而动摇。这是一场专制统治与反专制统治的斗争，反映了雅典工商民主派与土地贵族寡头派的搏斗。普罗米修斯成了民主派的化身，表现了为正义事业而顽强斗争的不屈精神。

《美狄亚》是欧里庇得斯的代表作，写于公元前413年。故事着重刻画了美狄亚的复仇心理，对妇女的卑微地位和不幸遭遇表示了深切地同情。其作品语言通俗易懂，人物的心理描述极其细腻，充满了浪漫情调和闹剧气氛，对后世剧作家有很大的影响。

第一篇　阴谋与爱情

作品评价

《阴谋与爱情》是德国18世纪杰出戏剧家席勒的著名剧作。当时德国处在政治分裂、经济落后的封建社会，分裂成许多封建小邦，各邦统治者大公施行残暴的独裁统治。故事讲述了平民琴师的女儿露伊斯和宰相的儿子斐迪南真心相爱，然而，在等级制度森严的年代和勾心斗角的宫廷阴谋下，这样的爱情根本不可能存活，最终以二人的死亡告终。戏剧结构紧凑，情节生动，冲突激烈，揭露了社会的不平等以及宫廷内部争权夺利的种种阴谋与恶行，反映了18世纪德国社会宫廷贵族阶级和小市民阶级的尖锐矛盾。

两情相悦的美好爱情应该会绽开出喜剧之花，然而一旦有阴谋在其中作祟，那爱情往往就会酿成悲剧的恶果……

故事发生在18世纪德意志的一个公国，那时候的等级制度非常森严，上层阶级是不能与下层百姓恋爱、通婚的，不然的话可能招来可怕的结果。

这天清晨，城市乐师米勒已经没有心情侍弄他心爱的大提琴了，他在家中烦躁不安地走来走去。但他的妻子米勒夫人却是一副悠然自得的神情，坐在桌边在悠哉地喝着咖啡。

“事情已经到了非解决不可的地步了，我的女儿已经成了众人的话柄，再也不能任其随意发展了！必须马上一刀两断，不让那个贵公子再登我们家的门了！”米勒咆哮着说出这句话，在安静的屋子里显得尤其让人震撼。

而让米勒如此愤怒的事情原来是他的女儿露伊斯和公国宰相的儿子斐迪南深深地相爱了。露伊斯今年十六岁，长得身材苗条、漂亮优雅、端庄大方。斐迪南也年轻英俊、温文尔雅，十分讨人喜欢。

最初的时候斐迪南是跟着米勒学琴，也正是这个机会使得两个年轻人在心中种下了爱情的种子，并且顽强地生了根、发了芽，大有不结果实不罢休的气势。斐迪南深受人文主义思想的影响，蔑视封建等级和宗教迷信，所以一点儿也不计较露伊斯的家庭情况，深深地爱上了她。而露伊斯也为斐迪南冲破世俗樊篱的勇气所感动，大胆接受他的爱，所以这对青年抛弃了门第等级观念而热烈地相爱了。

这件事要是发生在现在应该会有皆大欢喜的结局，可那是阶级制度森严的18世纪。饱经人世沧桑的老乐师深知世态的炎凉和宫廷贵族的腐朽和强权，他预感得到在这个等级制度森严的社会里，女儿的婚姻不会有好结果。米勒见过不知多少平民女孩在幸福地嫁给贵族公子哥儿后，最终却被贵族公子哥儿像一块破布似的抛弃了。以斐迪南的家世，一个王孙公子是不会对一个平民姑娘感兴趣的，他现在之所以迷恋露伊斯是因为露伊斯美丽、单纯，但时间一长，他就可能无情地把露伊斯一脚踢开。到那时候，自己的宝贝女儿就只能在别人的嘲笑和鄙视下过一辈子，再也不能幸福地嫁给别人了。就算斐迪南是真心实意的，那也不行，因为斐迪南有个臭名昭著的父亲——瓦尔特宰相，他可是什么都干得出来的。如果自己的女儿嫁过去之后有个三长两短，自己这一辈子都不会安心的。再说了，一个穷乐师要和当朝宰相攀亲戚，这不是天方夜谭么？米勒越想越不妙，他仿佛已经看见女儿被抛弃的悲惨结局，所以他下定决心，一定要竭尽全力阻止这两个人的爱情。

悠闲喝咖啡的米勒太太此时怀揣的却是另一番心思。她从斐迪南给女儿写的信中可以感觉到斐迪南的真心实意，他们两个是真心相爱。她一直巴望着自己的女儿能嫁个显贵的丈夫，这样她可就成了贵族老爷的亲家了，这样的结局有什么不好吗？所以，米勒太太看着烦躁不安地踱来踱去的丈夫，在他愤怒地咆哮后忍不住说："亲爱的，其实完全没必要这么烦躁，如果你看了他们两个的书信就一定会明白斐迪南爱恋的是露伊斯纯洁美丽的灵魂……"

“他可恶的地方正在于此！难道你不知道吗？肮脏的企图从来都会扯上虚假的善意做幌子！”米勒勃然大怒，恨不得把斐迪南那个公子哥儿一下子撕碎了。“还有，他送给露伊斯的那些书，那些狂妄的语言像西班牙的苍蝇一样钻进了露伊斯的血管，甚至将我辛辛苦苦保持的那点基督教精神都践踏得七零八落了。现在露伊斯脑袋里不知道装了些什么东西，宁愿去外面游荡也不愿意回到我这个做父亲的身边，没准她还觉得父亲是乐师是给她丢脸的事儿呢！所以，一定要尽快赶走那个贵族公子哥儿，不能让他继续毒害我的女儿。”说完就要夺门而出。

米勒夫人急忙拉住他：“别太感情用事了，亲爱的！要知道，光是那些书就能给我们带来不少钱呢！”

米勒蔑视地看了一眼妻子，咬牙切齿地说：“我宁可拿着小提琴去沿街乞讨，也不会拿我女儿的灵魂和幸福换钱！你真的太不知廉耻了！——赶紧戒掉那该死的咖啡和鼻烟吧，这样你就不用再出卖女儿的色相了！”

“你别着急，我不过是想说我们不能得罪斐迪南，毕竟他是宰相的儿子。”

“正因为他是宰相的儿子，这件事才更要阻止。我现在就要去找宰相说明白，告诉他我的宝贝女儿不够资格做他的儿媳妇，但做他儿子的情妇那更是不可能的！”

就在米勒夫妇争吵不休的当口儿，米勒的同乡、宰相的私人秘书伍尔牧走了进来。米勒一直十分厌恶这个人，因为伍尔牧就是个十足的小人，不仅装腔作势、善于阿谀奉承，而且狗眼看人低、诡计多端。但米勒不动声色，他想看看这个一肚子坏水、屡次登门的家伙到底要说些什么。

其实，其貌不扬的伍尔牧很早之前就觊觎露伊斯的美貌，他三番五次地前来就是因为听闻斐迪南和露伊斯相爱了，妒火中烧，想来探个究竟，顺便寻找机会施展诡计。

伍尔牧摘下帽子，张口便问露伊斯去哪儿了，说自己很想见见她。米勒太太赶紧告诉他露伊斯到教堂做礼拜去了，伍尔牧听后恬不知耻地说：“天哪，太好了！我即将得到一个信奉上帝的好妻子了！”

伍尔牧的无耻惹恼了米勒夫人，高贵英俊的斐迪南和伍尔牧相比，她更希望女儿嫁给前者了。于是她端起高贵的肩，微笑着说：“秘书先生，如果我们家能在别的地方替您效劳的话我们将十分高兴。我想您应该能听出我话的意思吧。”

对于米勒夫人的故作姿态，米勒在一边看得十分恼火。他走过来厉声打断了她，还用手推她。可米勒夫人根本不理会米勒，继续拿腔拿调地说自己想把女儿培养成一个尊夫人。伍尔牧这下子着急了，他忙问这是怎么回事。米勒这时候再也无法忍耐了，他走过来大骂米勒夫人，呵斥她闭嘴。随即他对伍尔牧说：“您不会认为我要用我女儿的幸福去换取自己想要的高位吧？您不会把我当成那种人吧，秘书先生？”

伍尔牧连忙说自己一直了解米勒，知道他不是攀龙附凤的人，而他这份差事足可以养活一家人，自己对露伊斯的心是绝对值得信赖和经得住考验的。

“可这毕竟是我女儿自己的事儿，她不愿意，我也不能强迫她。”米勒开始打太极。

“可孩子终究是要多听听家长的意见啊。”

“真没出息，居然要我这个做父亲的帮他追女儿。”米勒在心里鄙视道，话也随之变得尖刻起来，“秘书先生恕我直言，您可能真的不太符合我女儿的胃口。一个打算追求别人的人，居然要先从她父亲那里下手，我认为这非常欠缺勇气，简直就是懦夫所为。试想，哪个姑娘喜欢这样的人呢？”

伍尔牧听后心底燃起仇恨的火，说了声“谢谢”，愤愤地走了。

不一会儿，露伊斯便从教堂回来了。她一进家门，米勒先生就祝福她说："孩子，你总是那么虔诚，上帝万能的手一定会扶持你的！"

露伊斯听出了父亲话中的弦外之音，可她的生活中已经不能没有斐迪南了，所以她就对米勒先生说："请原谅我，爸爸，上帝和斐迪南分割了我忧伤的灵魂。而且，我对斐迪南的爱几乎让我忽略了上帝，我再也不能像以前那样虔诚地祷告了。爸爸，你说上帝会责怪我吗？爸爸，万物都需要阳光，假如卑微的蚊虫在那里晒太阳，难道骄傲的太阳能因此惩罚它吗？"

听了女儿的话，米勒先生难过地喃喃道："报应到了！这就是你读那些不信上帝的坏书的骇人结果。"

然而此刻露伊斯满心想的却是自己的心上人，根本没有理会父亲的悲伤，她陷入了沉思：斐迪南是上帝赐给自己的礼物，是上帝为自己的幸福创造出来的宝贝。从第一次见面，自己的心就欢呼着对自己说——是他，就是他，他正是我在人海中苦苦寻觅的人！从那时候起，任何东西、任何人在我眼里都是过眼云烟。一瞬间我觉得世界原来如此美丽，而我也从来都不知道，原来上帝是如此仁慈。

米勒看着女儿神游太虚的样子，变得更加痛苦，他不允许自己唯一的女儿将来遭受不幸，他现在就要把她唤醒，把她的伤害降到最低最低的程度。

"我的孩子，你可以对我提出任何要求，但那个少校——上帝作证，我是绝对不会把你给他的！"说完，貌似冷酷无情地走了。

露伊斯扑在妈妈怀里哭了。她不是不明白自己和斐迪南之间的差距，她更知道这是一条几乎无法逾越的鸿沟。她也从没有奢望能够得到他，可她坚信会有一天，上帝会降临人间，将一切不合理的界限打破。那时候什么伪装体面的头衔和身份就都消失不见了，她和斐迪南平等了，他们的爱情就可以成为永恒了。

就在这时，篱笆从一阵响动，斐迪南跳了进来。米勒太太不想让他看见自己穿着朴素的样子，便匆匆跑入了内室。

斐迪南深情地凝视着露伊斯苍白的脸，目光里盛满怜惜和疼爱。他走到露伊斯身边，握着她的手，深情地说："我的露伊斯，你还好吗？我飞奔过来就是想看看你是不是愉快，只要你愉快我就安心了。可我发现你并不开心。"

露伊斯深情又感伤地说："亲爱的，难道你不知道我是个平民姑娘吗？我们之间是不可能的！"

"你为什么会这样认为？"斐迪南嗔怪地说，"只要你全心全意地爱我，这些就都不是问题。我的露伊斯，你知不知道，每当你沉浸在这样的烦恼中的时候，你的斐迪南就被时间一点一点的无情地带走了。"

斐迪南情真意切地话使露伊斯心神荡漾，但严酷的现实同样在煎熬着她。许久，露伊斯说："斐迪南，你知道吗？在我们头顶悬着一把达摩克利斯之剑——有人正在想尽一切办法准备拆散我们！"

斐迪南大为震惊："为什么这么说？是不是发生了什么事？谁要拆散我们？难道有人能解开一条两颗心的纽带？有人能拆得散一对形影不离的鸳鸯？我是一个贵族又能怎么样？除了爱情没有任何东西能使我感到活着有意义了！所以我要像魔龙守护地底的黄金一样守护你，给你幸福，给你快乐，让你一辈子生活在甜蜜中！等上帝再见到你的时候，一定会发现你比以前更美丽了，他将不得不承认爱情能美化人的灵魂。"

这些浸满柔情蜜意的海誓山盟让露伊斯泪如泉涌，她完全相信斐迪南的忠诚，但世俗的偏见和现实的残酷根本容不下这样的爱情。她颤抖着推开斐迪南，伤心地说："亲爱的，不要说了，求求你忘了我吧！"说罢便要走进卧室。"露伊斯，这是为什么？"斐迪南痛苦地吼叫。"斐迪南，你把爱情的火种扔进了我平静的心房，这火种永远永远都不会熄灭的……你走吧。"露伊斯哽咽地说，之后就走进了卧室。斐迪南如五雷轰顶，一个人怔怔地站在那里，不知道究竟发生了什么。

就在这对相恋的情人互诉衷肠的时候，一个破坏美好爱情的阴谋即将在宰相府中成形。宰相瓦尔特是个狡诈残暴的政客，他曾经数次借伍尔牧的手干掉了自己的对手。现在为了保住自己宰相的宝座，又要故伎重施了。原来，出于政治原因，公国的领主——公爵要娶一位正式的公爵夫人，这样一来他宠幸的情妇米尔佛特夫人最好公开找一个体面的丈夫，以正所谓的“视听”。能让米尔佛特夫人在公爵面前帮自己美言的大好机会，权贵们是不会放弃的，所以他们便不遗余力地活动起来。一向老奸巨猾的瓦尔特怎么可能甘落人后，为了自己的政途，他决定让自己的儿子斐迪南和米尔佛特夫人结婚。

正当瓦尔特打着如意算盘的时候，一天早晨，伍尔牧却来到府里告诉他斐迪南正和乐师的女儿相爱呢。

听了伍尔牧言之凿凿的介绍，瓦尔特心中着了慌。但姜还是老的辣，他一眼就看出伍尔牧在吃自己儿子的醋，他对乐师女儿的心一眼就可以看出来。他转而一想，也许这正是帮助自己完成计划的最好工具，于是假装不在意地说：“哈哈，是你自己看上那姑娘了吧？”接着话锋一转，“不过你很快就有机会去嘲弄你的情敌了！”狡猾的瓦尔特便把自己的计策讲给伍尔牧听：“……为了把公爵永远留在我的天罗地网里，斐迪南必须和米尔佛特夫人结婚！”

伍尔牧兴奋得快找不着北了，他眼珠一转对宰相说：“不过，那姑娘是计划的最大障碍……除非，我们使些计谋把他们分开。”就这样，一个想借宰相之力打败情敌的秘书，一个想靠儿子稳固权力的宰相，两个野心家又一次一拍即合，狼狈为奸，肮脏的阴谋马上就要拉开帷幕了。

伍尔牧刚走，瓦尔特的心腹、宫廷侍卫长卡尔勃就来报到了。卡尔勃是公国中最愚蠢庸俗的色鬼，但也正是因为他愚蠢和死心塌地，才成了老牌政客瓦尔特的心腹。卡尔勃一进门就开始唠叨自己多累，做了多少事情。对于卡尔勃自我吹嘘的话瓦尔特一点儿兴趣也没有，他兴致勃勃地跟卡尔勃说："侍卫长，米尔佛特夫人要做我儿子斐迪南的夫人啦！"卡尔勃不明就里，但高兴地问："事情都办妥了？"瓦尔特说已经签了字，而自己现在最希望他做的，就是能去通知米尔佛特夫人准备迎接斐迪南的访问，并向全城散布这个消息。

卡尔勃谄媚地说："放心吧，爵爷，三刻钟之内，全城就都知道这个消息了。"说着，便得意地扭着舞步出去了。

望着卡尔勃的背影，瓦尔特得意地自言自语："斐迪南，这次你还能怎么办呢？全城的人都知道这个消息了！"说着，便按铃叫伍尔牧去把斐迪南找来。

斐迪南忧郁地来到父亲面前。瓦尔特看着儿子满脸的哀愁，便知道要说服儿子肯定不是件容易的事儿。他想了想，找了个不错的切入口，说："斐迪南，你知道为了谁我才犯了良知和上帝的天条谋害政敌吗？为了谁才走上这样危险的仕途？又是在为谁铺路呢？"接着，他说出答案，"那都是为了你，难道你一直不明白吗？"

斐迪南被震住了，对于这样血腥的事实，他发誓道："要真的是这样，我宁愿从来没有来到这个世上！"

宰相气急败坏地大叫："小子，难道这就是我为你做那么多事的报答？罪恶只会落到我头上，你继承的财产不会沾染一点儿罪恶！"

"我决不会继承那种只能使我记起我有一个丑恶父亲的遗产！"

恼怒的父亲大喊道："就凭你一辈子也别想爬上去！"

"那也比你绕着宝座爬来爬去好一万倍！"

瓦尔特平息怒火，知道这样儿子是不会就范的，于是换了一个套路，说："孩子，你要知道你现在得到的所有的一切，别人费尽九牛二虎之力也不一定能得到，为什么你自己却从来感觉不到呢？你二十岁就当了上校，这可是我费尽心机才弄到手的啊！将来的你是要脱掉军服加入内阁的，现在在你面前就有一条康庄大道，难道你一点儿也不心动吗？"

斐迪南苦笑道："我们对于幸福的理解从来就不能达成共识！你所谓的费尽心机得来的幸福对我来说一点儿价值都没有。我的幸福很简单，那就是和自己爱的人在一起，而不是那些名誉、地位和财富！"

瓦尔特知道这样说下去他即将失去理智也不会有结果，于是狠下心说："为了不使你罕有的才能生锈，你必须娶米尔佛特夫人为妻。我已经以你的名义送去了求婚的名帖，去吧，孩子，告诉她你就是她的未婚夫！"

"什么？"斐迪南目瞪口呆，简直不敢相信自己听到的，他没想到自己的父亲居然要这样对待自己。他坚决地说："不！我决不同意。"愤怒的斐迪南再三说如果父亲要强行让自己做不愿意做的事儿，那他就要像诅咒魔鬼一样诅咒他。宰相面对倔强的儿子一时无语，但他猛然想起了伍尔牧的话，便阴险地说："好吧，孩子，既然你不肯按照我说的去做，那你就和奥斯特海姆伯爵小姐订婚吧！"

这下斐迪南倒有些惊愕和迷惑了，照理说应该感谢父亲不再勉强自己，但现在自己心里已经有了露伊斯，再也容纳不下任何人。于是他吞吞吐吐地说："原谅我，父亲……我不能那样。"

宰相哈哈大笑着说："看来你并非只出于荣誉感才反对同米尔佛特夫人结婚，但我告诉你，婚帖已经送出去了，如果你让我在全城人面面前丢脸，那你就等着我收拾你吧！"说罢，便拂袖而去。

斐迪南心里的悲伤一下子就把自己淹没了，他愤怒地自问："难道这就是自己的父亲吗？为什么要这样勉强自己呢？"冷静下来后，斐迪南决定到米尔佛特夫人那里去，以自己的才智和决心劝她取消婚约。

米尔佛特夫人是英国贵族的后代，因为父亲受害全家逃到了德国汉堡。在举目无亲的流浪生活中，因为贵族青年——公国领主的求爱，便来到这里。在她骨子里，依然坚守着高贵的自尊，她的身体虽然已经出卖给了领主，但心和灵魂依然是高贵的、纯洁善良的。尽管宫廷里满是尔虞我

诈、勾心斗角，但这些毒风根本污染不了她。目睹国家的颓败，尝尽人生酸甜苦辣的米尔佛特夫人便利用公爵对她的宠爱为人民做好事。当知道自己要嫁给斐迪南这颗出淤泥而不染的明珠的时候，她的内心充满了喜悦：终于能挣脱金铸的牢笼了。

然而斐迪南并不知道这些，在他看来，米尔佛特夫人就是一个有特权的婊子，是无耻下贱的女人。当他走进米尔佛特夫人的客厅时，便打算用自己的冷漠冰冻她的热情。

斐迪南高傲而又冷漠地说自己是奉父亲之命前来求婚的。米尔佛特被斐迪南的冷漠震慑住了，她怯怯地问他没有一点儿是出于他的本心吗？

“宰相和媒人可从来不考虑这点。”斐迪南冷漠地说，“夫人，我们都是体面人，但我不明白以您的美貌和聪明怎么会甘心臣服于一个公爵？我怀疑您的国籍，因为一个真正的英国人是不会和他人同流合污的……”

斐迪南的鄙薄在话语中尽显无遗，这些话像刀子一样割着米尔佛特夫人的心。等斐迪南说完，米尔佛特夫人正色道：“您的诽谤我可以原谅，您的正直我可以尊敬，但您对整个英国女人的斥责我却不能再保持缄默。”斐迪南一听很诧异，而且从进门到现在这个女人的气场就让他感觉到，她并不是自己想象中那么低俗的女人。他隐约感觉得到她身上有一种东西让他无法理解，而他愿意听她解释。

米尔佛特夫人望着斐迪南诚挚的双眼，心中的委屈奔涌而出，她道出了自己的身世，倾诉了自己的遭遇和痛苦，诉说了自己内心深处的煎熬和自己的种种善行，她表示她的良心经受得住任何贵族的控诉！

听到这一切，斐迪南感到万分惭愧，自己伤害了一颗高贵的灵魂。他坦率地劝告米尔佛特夫人从罪恶的生活中挣脱出来，勇敢地活出自己。米尔佛特夫人握着斐迪南的手激动地说：“斐迪南，当一个不幸的女人全心全意爱上你的时候，当她就要勇敢地抬起头的时候，你还忍心拒绝她吗？……”米尔佛特夫人呜咽着抱住了斐迪南。

斐迪南轻轻挣脱她的拥抱，决定坦白一切。他说自己爱上了乐师的女儿，因为她自己觉得人生有意义了，因为她自己觉得活着有价值了，自己很爱很爱她。即使世俗会有羁绊，但谁都不可以动摇自己对她的爱和决心。

米尔佛特夫人听这话脸色顿时变了，她泪流满面地说：“如果是这样，我们三个人就都会成为你父亲的牺牲品。”米尔佛特夫人渐渐冷静下来，如果一个下臣拒绝了自己，那将会被全城的人嘲笑，为了自己的名誉也不能放弃斐迪南。她坦白地告诉斐迪南，事情既然已经这样了，随便他怎么反抗，她将用一切法宝出来应战。

当天中午，斐迪南少校向米尔佛特夫人求婚的消息就传遍了大街小巷。米勒先生听说后急躁地责备妻子不负责任。正在这时，斐迪南失魂落魄地跑来说宰相要来了。米勒全家这才感觉到，大祸真的来了！

露伊斯和米勒太太流着泪祈求上帝保佑全家，斐迪南则把所有的一切都告诉给了露伊斯，痛苦地说这都是父亲的决定，并不是自己的真实想法。悲伤欲绝的露伊斯扑进父亲怀里乞求他的原谅。面对悲痛欲绝的露伊斯，斐迪南激动地说：“相信我，我的露伊斯，我一定会打碎这可恶的偏见和枷锁，用爱情的巨大力量，打败那些肮脏的灵魂。”他紧紧握着露伊斯的手发誓说：“如果有人要拆散这两只手，那我也就将离开人世了。”

就在这时，瓦尔特在众多随从的簇拥下走了进来。在无礼地询问了好多问题后，瓦尔特开始羞辱露伊斯：“这么说，斐迪南每次都是现钱交易的啰？”天真的露伊斯一时没听懂这句话的深意，恼怒的斐迪南斥责父亲应该尊重露伊斯。瓦尔特却突然大笑起来，“简直太有趣了！儿子的婊子难道还需要做父亲的尊敬吗？”

露伊斯终于听明白了瓦尔特话里的恶毒意味，一下子气得晕了过去，斐迪南气得紧紧握住佩剑。米勒先生又惧又气，他为自己的女儿辩护。可还没说完就被瓦尔特大骂，米勒先生气愤难忍，大骂瓦尔特，说宫廷里有的是娼妓，何必来这里找平民呢？说完就要宰相滚出去。瓦尔特暴跳如雷，即刻命令法警把米勒先生关起来，并把米勒太太和露伊斯带到广场上的耻辱柱上示众。

斐迪南警告父亲不要逼他，否则就要断绝父子关系。瓦尔特大骂斐迪南没出息，是贱骨头，并喝令法警捆人。斐迪南气急之下连忙护住露伊斯，并伤了好几个法警。瓦尔特勃然大怒，亲自去拖露伊斯，斐迪南怒火中烧，但又不敢把剑刺向父亲，他心一横："您再侮辱我的爱人，就让我一剑刺死她吧！"老奸巨猾的瓦尔特反松开手："好啊，来吧！"

但望着露伊斯苍白的脸，斐迪南又手软了！他仰天长叹说："天哪！我所有有人性的办法已经用光了，现在只能用魔鬼的办法了！"他一字一顿地告诉宰相，"你尽管带她去耻辱柱吧！我这就去把你干过的所有坏事都告诉给全城人。"说完便匆匆奔出门去。

这一下击中了瓦尔特的痛处，他如遭雷击，大声说："等等，斐迪南！——赶紧放了他们！"说罢便急急忙忙去追赶儿子了。

斐迪南的公然作对，使瓦尔特非常恼火，但又无可奈何，不得不有所顾忌。当晚他就找来伍尔牧一起商量对策。奸诈狡猾的伍尔牧知道，最好的办法是"借他们爱的热火孵出爱的蛀虫，然后让蛀虫蛀死他们"。他对宰相说，当务之急就是让斐迪南对露伊斯产生怀疑，相信斐迪南的妒忌也会像恋爱一样狂热，然后再如此这般如此那般就可以了。

第二天一早，瓦尔特便再次叫来了自己的心腹卡尔勃，耳提面命要他如此这般。

斐迪南的反抗虽取得了暂时性的胜利，但他知道，父亲在关键时刻是会无所不用其极的，所以他一次又一次安慰露伊斯，把自己对她的爱恋表达出来。露伊斯经历过这些事，也冷静了很多，她也已经在斐迪南和自己的家之间做出了选择。

有一天，痛苦的露伊斯迷迷糊糊在沙发上睡着了。当她醒来时，天已经黑了，父母亲都不在家，露伊斯预感到有什么事要发生。忽然，一个人走进来说："晚安，小姐。"原来是伍尔牧，伍尔牧假装关切地告诉露伊斯，她的父母已经被关了起来，事情就发生在她睡觉的时候。

露伊斯失声痛哭起来，快步奔到圣像前跪下说："万能的上帝啊，只有你能救我的家人了。"

深知露伊斯性格的伍尔牧故意说："唉，你父亲说她女儿虽然打倒了他，但会扶他起来的。"

露伊斯听出了他的话外音，大声说："你快说，我做什么才能救他们？"伍尔牧故意装出不在乎的样子："办法倒有一个，那就是你要解除和少校的关系，并让他先主动开口，我想，这样事情也许会有转机的。"接着便要露伊斯写一封信给所谓的"刽子手"斐迪南。露伊斯心如刀绞，但在伍尔牧的威逼利诱下，还是拿起了笔。

"亲爱的先生，三天难以忍受的时间终于过去了，这中间我们没有见一次面，这件事您只能埋怨少校。他整天像希腊神话中长着一百只眼睛的卫士阿古斯一样守着我……明天……他一从我这离开，您就到老地方去看您的可爱的露伊斯。此致，宫庭侍卫长卡尔勃先生。"

露伊斯痴痴地看着纸上的字句，瘫倒在椅子上。伍尔牧得意地收起了信，装作关心地问："别灰心，我从来不计较这些东西，也许我俩可以……"露伊斯狠狠瞪了一眼伍尔牧，眼里冒出愤怒的火花。伍尔牧自知无法博得露伊斯的芳心，便装作若无其事地说："还有一件小事。您必须发誓，承认这封信是出于自愿才写的。"露伊斯痛苦地发了誓。而事情，也就从这时候开始朝着瓦尔特和伍尔牧设计好的方向发展了。

露伊斯的亲笔"情书"，按照阴谋"碰巧"被斐迪南捡到了。斐迪南怎么也不相信它是露伊斯那样如天使般美丽的女人写出来的，因为这信是如此不堪入目，然而这确实又是露伊斯的笔迹！"天啊！难道一切都是骗人的，难道只是一个荡妇在卖弄风骚？”斐迪南痛苦地思考着。

恼羞成怒的斐迪南找到卡尔勃，把信摔给他，并将两支手枪中的一支塞给他，强迫他与自己决斗。胆怯的卡尔勃腿像筛糠一样抖了起来，他哆嗦着说：“我从来……没……没见过她，也不认识她，这都是真的。”已经被愤怒冲昏头脑的斐迪南怎么会相信他的话，他只是不明白为什么露伊斯会看上这样的混蛋，一个都不敢承认的家伙。他嫉恨地想：“我一定要她遵守诺言，永远维持我们的爱情！”

在斐迪南咬牙切齿痛恨露伊斯的时候，狡诈的宰相瓦尔特却假惺惺地对斐迪南道歉，说自己不该阻拦儿子和露伊斯在一起，说那是纯洁的爱情应该得到尊重。阅历尚浅的斐迪南大为感动，对于自己被这个诡计多端的老政客玩弄于股掌而毫无察觉。宰相的称赞更激起了斐迪南的哀伤和仇恨，他由此暗自作出了一个可怕的决定。

此时，被爱折磨得异常痛苦的米尔佛特夫人也派人来召见露伊斯，想最后努力一次夺回斐迪南。米尔佛特夫人尽量摆出一副高贵的姿态百般诱惑露伊斯，承诺给露伊斯种种好处，结果只要她放弃斐迪南，但都被同样高傲的露伊斯拒绝了。当马上就要丧失理智的米尔佛特夫人说如果自己得不到斐迪南的爱，那自己就会变成一个复仇女神时，露伊斯却说那样的事她这样善良的人是做不出来的。米尔佛特夫人最终被露伊斯高贵纯洁的灵魂征服了，她放下夫人的架子，柔声说她可以把全部财产都送给露伊斯，条件就是要露伊斯拒绝少校的感情。悲痛欲绝的露伊斯忍不住喊道：“您尽管把他拿去吧！我们爱的天堂已经被人破坏了，现在只剩下破败的迹象，让他投入你的怀抱吧！只是不要忘记在你们新婚的亲吻中，会有一个自杀者的灵魂闯进来！”说罢，便狂奔而去。

米尔佛特夫人完全被震慑住了，心地善良的她感到无比羞愧。在自责自疚中她深刻地反省，难道自己的荣誉感还不如一个平民少女吗？士可杀不可辱，别人有力量拒绝，我也有！于是，米尔佛特夫人毅然决然地决定要离开这个国家，恢复自己的自由之身。她给公爵留了一封信，并将家产全部散尽，只带着一个侍女翩然离去了。

米勒先生被放了出来，并与露伊斯相见，抱头痛哭。父女俩谈话的时候，米勒先生感觉到女儿身上似乎有一种坚定的力量，女儿的话中尽是什么“死”呀“活”呀的字眼，预感到似乎有什么事儿要发生。果然，露伊斯请父亲给斐迪南送去一封信，要他和她一起到一个谁也不能再干涉他们的“第三种地方”去。

米勒先生疑惑地问什么是“第三种地方”，露伊斯哀痛地说那是坟墓。米勒先生严肃地盯着女儿，缓缓地说：“孩子，自杀是最可耻的事情，也是唯一不能反悔的事情。”

“爸爸，如果没有爱，那在人世间活着还有什么乐趣？”露伊斯神情黯然地说。米勒先生又生气又悲伤，他企图用自己的爱唤回女儿的心，因为女儿就是他的一切，“如果爱人的亲吻比父亲的眼泪还要热，那你用刀子戳穿你父亲的心吧！”听了父亲的话，露伊斯无助地哭喊：“温柔比暴君残酷的压迫还要野蛮，我该怎么办啊？上帝啊！”经过内心痛苦地挣扎，露伊斯最终撕毁了那封信。

正当米勒父女平静下来，商量逃离这个痛苦的城市的时候，斐迪南来了。脸色阴沉的斐迪南把那封信摔在露伊斯面前，大声喝道：“这是你写的吗？”露伊斯看看斐迪南痛苦的脸，又看看老父饱经风霜的脸，心一横说：“是我写的。”

斐迪南如遭雷击，一下子瘫坐在椅子上，失声痛哭起来。他不断说着：“不！露伊斯，信不是你写的，你一定是在骗我！”心如刀绞的露伊斯强忍悲痛说：“上帝作证，信确实是我写的！你既然已经得到我的招供，就赶紧离开我家吧！”斐迪南痴望了露伊斯一阵，然后平静下来，提出了一个请求：让露伊斯帮他做一杯柠檬水，这是最后的请求。

露伊斯到厨房去后，斐迪南掏出一大袋钱给米勒先生，说这是他的

“养老钱”。米勒先生不肯收，斐迪南说这是他过去几个月教他音乐所应该得到的报酬。争执再三，米勒先生只好收下了。看着两鬓斑白的米勒先生，斐迪南忍不住问他是不是只有露伊斯这一个孩子？为什么不多要几个？米勒先生脸上露出温暖和慈祥的表情，说露伊斯就是他的全部，这个孩子占满了他的整颗心，他已经把爱全部给了这个孩子，没有办法再分给别的孩子了。

斐迪南内心陷入悲痛中，难道自己真的要夺去这个老父亲的一切吗？但一想到露伊斯写的那封信他的心又坚定起来：一个把爱情当做玩偶的女人怎么能让自己的父亲幸福？于是更坚定了自己的决心。

当露伊斯红着眼端着柠檬水出来时，斐迪南便请米勒先生到宰相府去一趟，说自己不能应约赴宴。米勒先生爽快地答应了，斐迪南便叫露伊斯送父亲到门口。趁这个机会，斐迪南把一包毒药倒进了柠檬水中。

露伊斯回来后，屋里一片静默。露伊斯急于打破这让人窒息的沉默，她打开琴盖，说如果斐迪南愿意为她伴奏的话，她愿意弹一会儿钢琴。

斐迪南没做声，一直呆呆地盯着盛水的杯子看。良久，他端起杯子喝了一口，之后用命令的口吻逼露伊斯也尝一口。在露伊斯喝的时候，斐迪南脸色变得很难看，他转身面对着屋角。只听露伊斯感慨地叹息道：“你迟早会明白一切的。”斐迪南转身说：“明白，可那时候我们早就完了。”斐迪南此时脚步已变得沉重起来，他扯掉身上的绶带和佩剑，大声说：“再见了，朝廷的天使！”接着他便在爱恨交加中大声斥责起露伊斯的水性杨花来，悲伤的露伊斯委屈地告诉他如果她可以开口的话，她会将一切实情都告诉他，但残酷的现实封住了她的口。斐迪南琢磨着露伊斯话中的深意，良久才颤声问道：“告诉我，你爱过侍卫长吗？”

露伊斯烦躁地说：“我不想说了。”斐迪南一下子跪倒在露伊斯面前，猛然说：“露伊斯，这盏灯熄灭前，你就要站在上帝面前了。因为你的柠檬水加了地狱里的香料，你拿它向死神致敬吧！不过你放心好了，我们会一道走的。”

这时毒药已开始在露伊斯身上发作，她痛苦地按着腹部，说：“上帝啊！你不能把罪恶算在斐迪南头上啊！我也死得冤枉啊，斐迪南！”大惊失色的斐迪南冲上去抱住露伊斯，大声问：“露伊斯，你在说什么？”露伊斯的舌头已开始变得僵硬，手指也渐渐在抽搐，她用尽全身的力气睁着眼睛对斐迪南说：“那信，是你……父亲……逼我写的，你的露伊斯……只好选中了死，要不然，我……父亲就……”说到这里，露伊斯再也说不下去了，只是示意斐迪南最后亲亲她。斐迪南听了这话暴跳如雷，他拿起佩剑就要去找那谋杀儿子的凶手算账。“别……别这样！”露伊斯用最后一口气说，“宽恕一切吧！他……他终归是你父亲……”说完就倒在了地板上。

“露伊斯！”斐迪南扑在露伊斯身上，呼天抢地，可一切已经没有办法挽回了。斐迪南呼喊着：“为什么我还不死？”说完，便蹒跚着走过去拿起残存的柠檬水一饮而尽。

斐迪南刚放下杯子，瓦尔特就带着仆役和法警冲了进来。他是看到斐迪南的绝命信后匆匆赶来的。斐迪南一见到他就咆哮着说：“你这个凶手！”瓦尔特被眼前的情景惊呆了，他没料到自己的儿子会这样做。斐迪南用最后残余的一点儿力气说：“你想叫嫉妒来扯断我们心灵的结合，可遗憾的是，激愤的爱情并不像木偶那样听任你随意摆布！”

这时米勒先生也冲了进来，他看见女儿的尸体差点昏厥过去，然后便扑上去痛哭，悲怆的声音震撼着每一个善良人的心。斐迪南大声对瓦尔特说：“我是无罪的，我从来不是恶棍，可我却谋杀了我最爱的人，就让上帝来审判我吧！你好好欣赏你设计的阴谋的恶果吧！上帝迟早会审判你的，那时候露伊斯就站在上帝身旁！”药力发作的斐迪南开始昏迷了。

瓦尔特突然变得六神无主起来，他猛地扑向伍尔牧，大声说：“不是我！上帝，向这个诡计多端的人要灵魂吧！他是个真正的魔鬼，所有毒蛇般的主意都是他出的！”伍尔牧恶毒地笑了起来：“哈哈，与你无关？难道斐迪南不是你儿子？你不是我的主人？我要是完蛋了，你也要一起跟着陪葬！法警，来捆我吧，我要将一切秘密都揭发出来，一切！”说完便和法警一起走了出去。

这时候米勒先生停止痛哭，他掏出钱袋扔向斐迪南，愤怒地大喊：“毒药犯！你休想用金子买走我的女儿！”说完便狂怒地走了。

斐迪南断断续续地说：“跟住他，他已经绝望到不顾一切了。袋子里的钱替他保存好，这是我对他最后的回报了。”随后，他便用最后一口气喊道：“露伊斯！我来了！”说完便倒在了露伊斯的身上。

瓦尔特最终也什么都没得到，儿子死了，他的政敌会毫不客气地利用伍尔牧的招供将他轰下台。他没想到自己玩了几十年的阴谋，最终却在自己的阴谋中身败名裂，这就是玩鹰的被鹰啄了眼。

可惜的是，两个年轻人真挚的爱情也被这卑鄙的阴谋扼杀了。

作者小传

席勒（1759—1805），德国启蒙时期著名的剧作家和诗人。出生在军医家庭，学过法律和医学，自己也曾当过军医。他是德国“狂飙突进运动”的主要人物之一。他的重要剧作有《强盗》、《阴谋与爱情》、《华伦斯坦三部曲》、《奥尔良的姑娘》、《威廉·退尔》等。席勒在政治上是个倾向性强烈的戏剧家。他的代表作《阴谋与爱情》（1784）通过平民音乐师的女儿露伊斯与宰相的儿子斐迪南的悲剧，揭示出德国市民与宫廷贵族阶级的尖锐矛盾，以及宫廷内部争权夺利的种种阴谋与罪恶，并号召人们起来同封建贵族展开斗争。恩格斯称赞它是“第一部德国的有政治倾向的戏剧”。该剧结构严谨，冲突尖锐，情节生动，语言优美，在世界文学史上具有卓越的地位。

第二篇　奥赛罗

作品评价

《奥赛罗》是莎士比亚的四大悲剧之一，大约于1603年所作。故事中的男主角奥赛罗是威尼斯公国一员勇将，他与元老的女儿苔丝德蒙娜相爱。但由于他是黑人，婚事一直得不到肯定，两人只好私下成婚。奥赛罗手下有一个阴险的旗官叫伊阿古，因为不被提拔就想除掉奥赛罗。他先向元老告密，后来又挑拨奥赛罗与苔丝德蒙娜的感情，说另一名副将凯西奥与苔丝德蒙娜关系暧昧，并伪造了所谓的定情信物。奥赛罗信以为真，在愤怒中杀死了妻子。等真相大白后，奥赛罗悔不当初，在愤怒中拔剑自刎，倒在了苔丝德蒙娜身边。对于主角奥赛罗的看法通常有两种：一种是他是位坚强博大和灵魂高尚的英雄，其之所以杀害爱妻，只是由于轻信奸谗者伊阿古所致；另一种则是奥赛罗并没有那么高尚，而是个自我意识很强、性格有缺陷的人，他听信伊阿古的话，责任主要在他。

深夜在威尼斯潮湿昏暗的街上，两个脚步匆匆的男人正边走边小声说着话。

“你说过你恨奥赛罗，但你没有遵守承诺。”其中一个说。

“要是我不恨他，你可以从此以后再不理我。三个人举荐我做他的副将他都不接受，可你看他选中的凯西奥是个什么东西？你问他他知道什么叫布阵作战吗？他的知识储备根本比一个女人多不了多少。即使他知道书本上的道理又如何？要知道那些身穿宽袍的元老们讲起这些来可是比他头头是道多了，只会纸上谈兵这就是他全部的军人资格，但他却得到了提拔。我立过无数军功，而且是奥赛罗亲眼所见，却只能继续做一个旗官，这难道不是太不公平了吗？你说，我为什么还要对那个黑人长官好呢？”另一个愤愤不平地讲道。

“我要是你的话，就不再跟随他了。”

“我之所以跟随他，是要达到自己的目的。有一种人表面上虽然装出一副奴颜婢膝的样儿，但骨子里却有自己的打算。我对奥赛罗这样的小心，既不是出于忠心，也不是为了义务，而是为了我的最终利益。”

他们说着，就朝着元老勃拉班修家走去。

这个老谋深算的人叫伊阿古，是奥赛罗手下的旗官，因为没被提拔为副将，对奥赛罗和新任副将凯西奥怀恨在心。另一个人叫罗德利哥，是威尼斯的绅士，因为他爱慕的一位美丽、温柔的姑娘已经成了奥赛罗的新娘而同样怀恨在心。仇恨让他们两个最终走到了一起，他们正在谋划一个可怕的阴谋，让奥赛罗身败名裂、众叛亲离。

奥赛罗是个黑人，他本来是非洲西北部的一个少数民族——摩尔族人，人们称他摩尔人。现在，他在意大利的威尼斯军队里供职。因为在与土耳其军队作战的时候，他英勇善战，指挥得力，立下了显赫的战功，因此被提升为将军。奥赛罗为人诚恳，待人和气，大家对他都很敬重。

当然，奥赛罗在被人赞颂的同时，也遭到了一部分人的蔑视。伊阿古和罗德利哥大晚上来找的元老勃拉班修就是其中一位。勃拉班修元老是当地的一个大富翁，门第观念和等级观念非常深，而且一直看不起黑色人种。但他的女儿苔丝德蒙娜却完全不是这样，她不但长得非常美丽，而且品德高尚、性格温柔，人们都说她的心灵比她的相貌还要美。她不像父亲那样看不起黑皮肤的人，本地白种人中的名门望族里，有不少公子哥儿向她求婚，但她一个也没看中，却偏偏看中了这个黑人奥赛罗。这也就是罗德利哥妒恨奥赛罗的原因之所在。

伊阿古和罗德利哥来到勃拉班修家，用只有在晚上发现着火的惶恐声音喊道："勃拉班修先生，捉贼！捉贼啊！留心您的屋子和您的钱袋啊！"

勃拉班修被他们从睡梦中惊醒了，他从窗户探出身子问："你们大呼小叫什么？大晚上不让人睡觉！"

伊阿古说："先生，有人要偷您的东西了！就在现在，一头老黑羊正和您心爱的白母羊交配呢。赶紧起来吧！否则魔鬼就要让您抱外孙了！"

勃拉班修大吃一惊："你是不是疯了，在这里胡言乱语？"

罗德利哥连忙自报家门："您难道没听出我的声音吗？我是罗德利哥啊！"

"你这个混蛋！我早就跟你说了我女儿不会嫁给你的！你现在居然又吃饱了撑的、大半夜来我家打扰我睡觉，你安的什么心？要是你再继续闹下去，我就要凭我的地位给你点颜色看了，到时候你可不要后悔啊！"勃拉班修恼怒地说。

"尊敬的勃拉班修，请您不要生气，我是特意赶过来告诉您一件事的。"

伊阿古接着说："先生，您把我们当成了坏人，所以才会觉得我们是故意打扰您的。不过，难道您愿意让您的女儿被一头黑马骑，再给您生下一堆马子马孙？"

"你是个什么东西，敢这样胡说八道？！"

伊阿古不急不恼，继续说："我是特意来向您通风报信的人。令媛确实如我们所说正在做苟且事情。"

"住嘴！你这个混蛋！"勃拉班修的头发都快竖起来了。

罗德利哥继续刺激他："先生，我愿意为我说的每一句话承担责任。如果令媛是因为得到了您的同意，才在夜深人静的时候不让任何人陪伴，让一个下贱的船夫载她到一个贪淫的摩尔人身边，那我们确实太过放肆了。可您如果对这件事并不知情，那您至少不应该对我们如此恶言相向。我们怎么敢来戏弄您这样的一位长者呢？您现在可以立即去调查一下，如果您的女儿现在就在她的房间里或者在您的宅子里，那您就按照国法惩罚我吧。"

勃拉班修元老此时已经没有退路了，而且他也知道女儿对于那个摩尔人一直钟情不已。勃拉班修知道现在最要紧的就是找到自己的女儿，要不自己这张老脸真的没有地方搁了。所以他喊起所有的仆人，点着火把，在罗德利哥自告奋勇的带领下去找自己的女儿。但这一切，其实却是伊阿古事先设计好的。

就在勃拉班修众人出发前，伊阿古就先行来到了奥赛罗那里，试图挑拨奥赛罗和勃拉班修之间的关系。他说勃拉班修在背地里说了奥赛罗很多坏话，并坚决反对他和他的女儿来往，还要用法律制裁他。但奥赛罗对这些并不在意，他知道自己身为一个高贵祖先的后裔是完全有资格享受目前得到的一切荣誉的。所以他对伊阿古说："伊阿古，我实话跟你说吧，要不是因为我深爱苔丝德蒙娜，我是不会牺牲无拘无束的自由来换取家室的羁绊的。"

正说话间，外面传来了一阵杂沓的脚步声。伊阿古劝奥赛罗赶紧躲一躲，勃拉班修已经来找他要人了。"不用担心，我相信我的人品、我的清白足可以证明一切。"奥赛罗光明磊落地说。

来人很快进来了，但并不是勃拉班修众人，而是新任副将凯西奥和公爵手下的人十万火急地来找奥赛罗了。原来塞浦路斯的情势非常紧急，昨晚战船上连续派了十几个人前来告急，许多元老被从睡梦中惊醒。他们看奥赛罗不在家，就赶紧找到了这里。

正当奥赛罗准备赶往公爵府的时候，勃拉班修一行人来了，罗德利哥指着奥赛罗说摩尔人在这里。勃拉班修仇人见面分外眼红，大喊着："杀死他！"并命令众人赶紧冲上去。眼看着一场混战即将拉开序幕，奥赛罗大局为重地建议大家去公爵那里解决争端，勃拉班修同意了。

当奥赛罗和勃拉班修一行人走进大殿的时候，公爵正和众多元老焦急地讨论塞浦路斯的战事。公爵见他们进来，赶紧迎上前去，"英勇的奥赛罗，我们必须立刻派你去和我们的宿敌土耳其人作战。"随后向勃拉班修问好。

勃拉班修说："请您原谅，殿下，因为我此次前来并不是因为听说国家大事才来的，国家的事情已经不能让我关注了，因为我已经被悲伤压垮了，所有的忧虑都被吞没了。"

公爵非常诧异："这是怎么回事？"

勃拉班修表情痛苦地说："我的女儿啊！她被人家污辱了，人家把她从我那里骗走，用下三滥的方法引诱她堕落。您知道，一个眼神明亮、智力健全的人是不会轻易做出这样荒唐的决定的。而那个引诱他的人就在这儿，就是这个摩尔人！"

公爵和众人一听感到非常惊讶，也非常为难，勃拉班修是元老，地位高，年龄大，他的控告不能不理；而奥赛罗又是大家一致推荐的将才，而且眼前和敌人作战正需要人才。但这种事不惩罚于情于理都说不过去，于是公爵问奥赛罗还有什么要说明的。

奥赛罗神情坦然地说："各位德高望重的大人，我的尊贵的主人，我确实把这位元老的女儿带走了，但我已经和她结婚了。我最大的罪恶就是这个，其他的我并不晓得是怎么回事。不过，如果你们愿意听我讲我们的恋爱经过，我很乐意告诉你们什么是所谓的下三滥手段，什么又是堕落，听完你们就会知道事情的真相了。"

勃拉班修此刻恨不得将这个摩尔人碎尸万段，并找个地缝钻下去。他断定奥赛罗一定是用了什么卑鄙的手段才使女儿乖乖就范的。但公爵和其他元老却觉得现在证据不足，惩罚奥赛罗难免有些过于武断，于是示意奥赛罗继续讲下去。

奥赛罗建议把苔丝德蒙娜召来，让她当着父亲的面告诉大家他究竟是个什么样的人。"如果你们听了她的话，觉得我是有罪的，那完全可以撤销对我的信任和职权，依法判处我死刑。"奥赛罗语气坚定地说。

公爵立刻派人去请苔丝德蒙娜了，而奥赛罗则开始讲述他们的恋爱史：

承蒙她父亲的器重我经常去她家里，并且经常要我讲述过去的事情——我曾遭遇的各种战争、所有的意外。苔丝德蒙娜非常喜欢这种故事，每次都听得入神。但因为总有事情缠身，她听不完整，于是有一天她对我说，希望我把自己的所有经历完整详细地给她讲一遍，因为她以前听到的那些都只是残缺不全的片段。我答应了她的请求。我给她讲我在漫长的漫游生活中，遇到过的无数次惊险的场面，几次绝处逢生，几度化险为夷。讲我在艰苦的军旅生涯中，经历过的无数次大大小小的战役，在千钧一发的时候，是怎么凭着胆略和智谋克敌制胜的。在听故事的过程中，她深受感动，并为我流了不少泪。听完故事后她对我说，如果她有一个朋友想要追求她，只要给她讲述这些故事就可以得到她的心。我听出了她话里的暗示，于是大胆地向她求婚了。她因为爱我所有患难的经历而决定嫁给我，而我也那么爱她，这就是我唯一使用过的“妖术”。

听完奥赛罗的讲述，公爵对勃拉班修说：“这样的故事，相信我女儿听了也会着迷。现在木已成舟，你也不必再懊恼了，刀剑虽锋利，比起手无寸铁来，总是略胜一筹的。”

这时，苔丝德蒙娜走进了大殿。勃拉班修对公爵说如果自己的女儿当众承认自己曾经爱慕过他，那他就不会再追究了。随后问女儿：“我的孩子，在济济众人中，谁才是你最应该服从的那个？”

苔丝德蒙娜低着头，但语气坚定地说：“我的父亲，我感谢您多年的养育之恩，您给我的教育和礼仪让我明白我应该敬重您，您是我最亲爱的父亲，我则是您永远的女儿。他是我的丈夫，正像我母亲看您比看她父亲还要重一样，我也应该有权利向他——我的夫君，尽我应该尽的义务。”

“上帝和你同在！我无话可说了！”勃拉班修知道一切已经无法回头，就对公爵说，“殿下，请您继续处理公务吧。”转过头对奥赛罗说，“摩尔人，我现在用我所有的诚心将我的女儿交给你。倘不是你早已得到了她，我是无论如何不会这样做的。”说完，转向自己的女儿，“宝贝，我很高兴我没有别的孩子，否则你的私奔可能会使我变成一个暴君，而让他们戴上镣铐的。”

接下来，公爵和元老们继续讨论战事，而且，元老会已经通过了苔丝德蒙娜随军出征的请求。到这里，小人的伎俩宣告破产，但他们是不会善罢干休的。伊阿古在心里酝酿了一个更阴险的计划，而这次，他要一箭双雕了……

在临行前，奥赛罗将自己的妻子托付给了貌似忠厚的伊阿古，让他照料妻子的饮食起居。但在奥赛罗率领着船队开赴塞浦路斯的时候，一场巨大的风暴袭击了这片海域。一时间浊浪滔天、狂风怒吼，奥赛罗和凯西奥被大风吹散在了海面上。但一个好消息是土耳其的军队也被冲散了，舰船有的沉入海底，有的则已经破烂不堪，不得不放弃计划好的进攻了。

凯西奥的船只已经靠到了塞浦路斯岛，随后苔丝德蒙娜和伊阿古、罗德利哥的船也靠岸了。可迟迟不见奥赛罗的踪影，凯西奥和苔丝德蒙娜焦灼地等待着。

这时，海的尽头远远地出现了一条船的影子。船越行越近，放出了显示是自己人的礼炮。凯西奥兴奋地喊："主帅回来了！"船靠岸了，苔丝德蒙娜急忙迎上前来，奥赛罗双手扶在她肩膀上，爱怜地说："我娇美的战士啊！"苔丝德蒙娜喊道："我亲爱的奥赛罗！"说完，紧紧拥抱在一起。

"我心爱的人，要是每一次风暴过后都有和煦的阳光该有多好啊，即使让我此刻死去我也觉得满足了，因为我的灵魂已经尝到了无比的欢乐！""但愿上天眷顾，让我们的爱情和欢乐永恒！"

两个人兀自沉浸在爱的甜蜜中，而一旁的伊阿古却在心里暗暗发誓，一定要让他们再也开心不起来。

随后奥赛罗向大家宣布战事结束，因为风暴击退了土耳其军队，他们享受暂时的和平了，说完带着妻子离开了码头。

在这个胜利的夜晚，大家完全沉浸在狂欢的海洋中。每个人都尽情欢乐，放开喝酒，互相祝贺，共同为奥赛罗和苔丝德蒙娜干杯。

而伊阿古却趁着这个机会开始恶毒地报复了。他先找到罗德利哥，编造出苔丝德蒙娜已经和凯西奥发生恋情的谎言。不要怀疑伊阿古的实力，他的三寸不烂之舌足可以把死人说活了。他说苔丝德蒙娜是因为厌倦了摩尔人，必须更换新鲜的口味。而凯西奥既年轻又英俊是再合适不过的人选了，这个女人早已经被他勾去了魂魄。这样说的目的当然是为了激起罗德利哥的妒忌心，因为他爱苔丝德蒙娜爱得发狂。

他之后让罗德利哥按照自己的计划去值班守夜，因为凯西奥不认识他，罗德利哥要向他挑衅，可以高声辱骂他破坏军纪什么的。而之所以要这样是因为凯西奥是个性情急躁的人，很容易被激怒。罗德利哥如此挑衅，双方很可能会打起来。一旦这样，伊阿古就可以趁机在塞浦路斯掀起一场暴动，事情最终的处理方法只能是把凯西奥革职，这样伊阿古就可以如愿了。

前面虽然说了伊阿古对奥赛罗的妒恨是因为他没有提拔他做副将，但其实伊阿古内心深处也垂涎苔丝德蒙娜的美色，只是因为更加妒恨奥赛罗一个黑人站着他梦寐以求的高位而忽略掉了那个。这种妒恨像毒药一样啃噬着他的心，让他看什么做什么都不顺心。但他更清楚奥赛罗是个坚定、正直、多情的丈夫，根本无法拆散他们，更无法摧毁他的自信。伊阿古只能用非常手段来对付奥赛罗了……

当晚，伊阿古和罗德利哥就按照既定计划开始行动了。伊阿古让罗德利哥出去守夜值班，然后自己去找凯西奥，用自己舌灿莲花的功夫将凯西奥灌得酩酊大醉，而凯西奥只要喝了酒就更容易被激怒，会到处惹是生非，做出引起公愤的事来。而事情，真的朝着伊阿古想象的方向发展了。

半夜的时候，奥赛罗突然听见一阵敲钟声和嘈杂的吵闹声。他急忙带着侍从赶到现场，却看见凯西奥正和原塞浦路斯的总督蒙太诺格斗，此时的蒙太诺已经身受重伤。

“快住手！”奥赛罗大喊。伊阿古此时也在旁边大喊：“快住手！

各位。难道你们已经忘记自己的职责了吗？主帅在和你们说话呢！”

奥赛罗大声质问：“为什么要互相残杀？土耳其没有和我们开战，我们自己却窝里斗起来了。”他转身问伊阿古，“正直的伊阿古，凭你的良心和忠心，告诉我是谁先挑起这场争端的。”

伊阿古却说自己并不知道实情，奥赛罗又转头问凯西奥和蒙太诺是怎么回事，凯西奥羞愧地低下头，请求原谅。蒙太诺则因为受伤太重而没有说太多话，他不知道今晚说错了什么或者做错了什么，如果好心相劝和正当防卫也是一种错的话。

奥赛罗气愤至极，大声说：“这个城市刚刚经历过战乱，百废待兴，你们却在这里争吵、格斗，简直岂有此理！伊阿古，究竟是谁先挑衅的？”

“你要是存心偏袒或者包庇，不说实话，那你就不是一个真正的军人！”奥赛罗说。

伊阿古装出一副非常为难的样子，无奈地说：“不要这样逼我，我宁愿自己承担责任，也不愿说凯西奥的坏话。可是事情已经这样了，我只能实话实说了……”然后，就“百般不愿”地将凯西奥给供了出来。

奥赛罗听后对惭愧不已的凯西奥说：“你曾经是我最好的朋友，可从现在开始，你不再是我的部下。”说完让人将蒙太诺抬走，并安抚受惊的民众。

人群散了，只剩下凯西奥懊丧地站在那里。此时伊阿古又假装好心地过来安慰他了，说奥赛罗不过是一时气愤，而且只有这个方法能安抚民众，只要凯西奥诚恳地请求奥赛罗，他会官复原职的。可这个建议却被正直善良的凯西奥拒绝了。伊阿古一计不成又生一计，他貌似好心地建议凯西奥去向夫人求情，因为她是那么和蔼可亲、平易近人，而且极富同情心，请她出面，一定可以帮他实现愿望。正直的人往往想不到佛面蛇心的恶鬼所耍的奸计。恶魔往往用神圣的外表，引诱世人干出种种罪行，正像这个伊阿古所用的手段一样。凯西奥就完全被伊阿古的假面具蒙蔽了，他万分感激伊阿古的好意，并决定第二天去试试。单纯的凯西奥已经完全被伊阿古控制了，伊阿古就是要利用世间最可怕的武器——嫉妒去挑唆苔丝德蒙娜和奥赛罗之间的关系，挑起奥赛罗和凯西奥之间的争端，最后让他们全都落入自己的法网……

第二天一大早，凯西奥果真来找苔丝德蒙娜了。苔丝德蒙娜确实如伊阿古所说有一副善心肠，不管谁有困难找到她，她都会竭尽全力去帮助他。当苔丝德蒙娜见到一脸沮丧的凯西奥，听他说明来意后，便对他保证："正直的凯西奥，不要为这件事太难过了，接受教训就好。你放心吧，我一定会尽力替你说情的，无论吃饭睡觉，只要有机会我都会说的，高兴起来吧。"

凯西奥和苔丝德蒙娜其实早就认识，在奥赛罗和苔丝德蒙娜谈恋爱的时候，他从中帮了很多忙，是凯西奥促成了他们两人的结合。苔丝德蒙娜了解他的为人，非常信任他。

这时，伊阿古和奥赛罗远远地走了过来，凯西奥愧对奥赛罗，所以匆匆告辞了。奥赛罗看见一个好像凯西奥的人从妻子身边走过，便向伊阿古求证。伊阿古趁机说确实是凯西奥，他一定是做了什么亏心事才这么偷偷摸摸的，奥赛罗心里五味杂陈。

苔丝德蒙娜见奥赛罗来了，就走上前去，说："我的夫君，有人正因为失了你的器重而闷闷不乐呢。"

奥赛罗问是谁，苔丝德蒙娜说正是昨晚被革职的副将凯西奥。随后便替他求情："我的好夫君，看在我的面子上恢复他的官职吧，他要不是一个忠心对你的人，就不会像以前那样对待我们。现在请你把他喊回来吧。"

奥赛罗对这番话没有什么反应，反而问刚才从她身边走掉的人是不是凯西奥。在得到肯定回答后，奥赛罗说："事情过段时间再说吧，现在没这个必要。”

苔丝德蒙娜忙问：“那应该不会等很久吧？”

“为了你，我会早一点儿让他复职的。”奥赛罗不冷不热地回答道。

苔丝德蒙娜仍然不放心，追问着能不能在晚餐的时候，在被否定后，又问明天午餐可不可以，或者晚餐，后天早晨？上午？然后说他们之间的结合还有凯西奥的功劳等等，总之就是一副一点儿不想等的样子。奥赛罗不忍心让她失望，于是答应她最长三天内就会让她如愿，苔丝德蒙娜如愿以偿地离开了。

看着苔丝德蒙娜的背影，奥赛罗说：“可爱的女人！为了你，我愿意做一切事情。”

这时站在一旁一直没有说话的伊阿古着急了，他精心策划的阴谋怎么可以就这样破产了呢？于是欲言又止地问奥赛罗他向夫人求婚的时候，凯西奥是不是也知道他们的事情。奥赛罗很奇怪伊阿古为什么这么问，但伊阿古却吞吞吐吐地不说。奥赛罗是个正直又爽快的人，他看到伊阿古知道什么不可告人的秘密一样，非要伊阿古把话说明白。伊阿古见已经成功引奥赛罗上钩了，便装出一脸忠诚地说：“主帅，您可要留心嫉妒啊！那是个绿眼睛的妖怪，谁上了它的钩，谁就要受它的玩弄。”说到这，停顿了一下，接着说：“可话又说回来，如果丈夫不爱妻子，那即使被欺骗也没什么；可丈夫非常爱妻子，如果被欺骗，那就真的很痛苦了！”

奥赛罗说：“难道你觉得我会在嫉妒中消磨一生的时光？不，完全不可能！我要是被那些捕风捉影的事儿支配了心灵，那我就不配做这个大帅。事情如果没有被证实我不会随便怀疑，但当我怀疑的时候，我就一定要证实它。当我拿到证据的时候，就会一了百了了，让爱情和嫉妒一起毁灭！”

伊阿古见奥赛罗已经起了疑心，便以守为攻，他要做个熄火的人。

但他用的不是水，而是汽油或酒精。他说："主帅，听您这么说我很开心，因为我完全可以对您坦白地说出想说的话了。说真的，我现在并不能给你确凿的证据。不过，您要注意尊夫人的行动，留心观察她对凯西奥的态度。切记一定要用冷静的眼光看他们，不要一味多心，也不要太大意。我这样说是不想看到你因为豪爽和正直而被欺骗。主帅，威尼斯女人的脾气我比你了解，她们背着丈夫干的那些风流事儿，是瞒不了天和地的。可她们做这些事，只要丈夫不知道，她们就都心安理得。"

随后伊阿古又进一步单刀直入地说："夫人当初跟您结婚时，就曾欺骗过她的父亲，而且不留一点儿破绽。——请原谅，要不是对您过分的忠诚，我不该对您说这些的。"这些话刺痛了奥赛罗的心，他的心被一团疑云笼罩。伊阿古此时提出要走了，走了没几步回来对奥赛罗建议："主帅，虽然凯西奥应该被官复原职，但如果暂时拖延一段时间一定可以看出事情真相。您只需要仔细观察他们的行踪和举动就好了。"

对于伊阿古的话奥赛罗不是没有怀疑，但当他要伊阿古拿出证据来的时候，伊阿古就无耻地编造谎言，说自己某天在半夜听见凯西奥说梦话"亲爱的苔丝德蒙娜，我们一定要小心，不能让别人窥破了我们的爱情！命运啊，真是太可恨，竟然让你去跟着那个摩尔人"！

他又扔出一个重型炸弹：他让妻子偷偷将奥赛罗送给妻子苔丝德蒙娜的定情物手帕偷出来，然后自己将它放到了凯西奥的寓所里，之后故意说自己今天早晨看见凯西奥用那个手帕擦胡子了！这些话说得奥赛罗愤怒难平，妒忌和仇恨让他失去了理智，他完全相信了伊阿古的话，再加上夫人极力为凯西奥求情的样子，就更坚信不疑了。

可此时可怜的苔丝德蒙娜并不知道自己已经大祸临头了，她现在还在焦急地寻找那个伊阿古所说的手帕。她还暗自庆幸，如果自己的丈夫不是个光明磊落的汉子而是敏感多疑的，那这件事一定会让他起疑心的。侍女爱米利娅问夫人奥赛罗会不会妒忌，苔丝德蒙娜骄傲地说："我想他故乡的阳光已经将他的妒忌全部蒸发掉了。”她哪里知道，一向被自己信任和敬仰的丈夫早已经被嫉妒之火灼烧得失去了理智，他已经不再是当初那个光明磊落的汉子了。

正在这时奥赛罗回来了，苔丝德蒙娜热情地迎上去，没说几句话就转到了凯西奥身上。奥赛罗压抑住内心的妒火，却要她拿出手帕来擦眼睛。苔丝德蒙娜怕他知道了不开心，就推说自己没带在身上。

奥赛罗趁机说：“这块手帕是一个女人送给我母亲的，她是一个能够洞察人心的女巫。她对我母亲说，手帕在就可以得到父亲的欢心，一旦丢失，父亲就要另觅新欢了。母亲临死的时候将它交给我，让我给我未来的妻子。所以你一定要格外珍惜它，就像珍惜自己的眼睛一样。一旦丢失，可能就会引起灾祸。”

苔丝德蒙娜一听，惊慌地说：“天啊！上帝啊！事情为什么会这样？”

奥赛罗问她手帕是不是丢了，她掩饰着说没有。之后又将话题转到了凯西奥身上。奥赛罗反常地一定要她拿出手帕。苔丝德蒙娜不知道奥赛罗心里的变化，执意为凯西奥求情。而这些更激起了奥赛罗心中的怒火，他粗暴地嚷：“去！赶紧给我拿手帕来！”

苔丝德蒙娜没见过他这么暴躁的时候，当时怔住了。就在这时，凯西奥和伊阿古来了，凯西奥依然请苔丝德蒙娜帮自己的忙，好尽快复职。苔丝德蒙娜神情黯然地说：“我现在说话已经不管用了，我的丈夫已经不再是以前的丈夫，我简直都不认识他了。但我愿意继续为你试试的，你先耐心等待一下吧。”

伊阿古关心的则是另外一件事，他向侍女爱米利娅求证，主帅是不是真的发火了。侍女说：“他刚刚从这儿离开，脾气暴躁异常。”伊阿古装出一副惊讶的样子，心里却高兴得不行。

他们走了，苔丝德蒙娜心里久久不能平静，她当然希望奥赛罗是因为战事发怒。可爱米利娅却提醒她，也许他是被嫉妒蛊惑了，因为嫉妒是个凭空而来、自生自长的怪物。苔丝德蒙娜在心中暗暗祈祷，千万不要让嫉妒这个怪物进了自己丈夫的心里。

但奥赛罗已经钻进了伊阿古设计好的圈套里，正一步步走向深渊。现在伊阿古这个毒蝎又想出一条诡计，等着将奥赛罗拉进更深的深渊。他跟奥赛罗说一会儿自己要去见凯西奥，然后让他讲述和夫人见面的情景，而奥赛罗则在一旁暗暗观察。伊阿古早就盘算好，到时候他只要向凯西奥提起其情妇比恩卡——一个深爱凯西奥、但很风骚的女人，凯西奥就会开心地大笑起来；而奥赛罗看到这样一定会被气疯。

果然，事情真的按照伊阿古设计好的方向发展了。凯西奥不但哈哈大笑，还一边回忆和比恩卡在一起的情景，一边毫无戒备地做出各种情人之间才有的动作。躲在暗处的奥赛罗以为他讲的是和苔丝德蒙娜之间的相会，便咬牙切齿、在心中咒骂：“我一定要报复！”

凯西奥走后，伊阿古一副“我说的没错吧”的样子走过来，继续用话刺激奥赛罗。

奥赛罗两眼发红，恶狠狠地说：“忠诚的伊阿古，三天之内我要听见凯西奥已经不在人世的消息。”伊阿古假惺惺地帮夫人求情，奥赛罗则更加凶狠地说：“苔丝德蒙娜那个美丽的魔鬼，我要为她想一个更干脆的死法。而你，现在就是我的副将了。”

伊阿古扑通跪倒地上，貌似忠诚地建议：“您可以将她直接扼死在床上。而凯西奥您就放心吧，午夜前后你就可以听到好消息了。”

正在这时，公爵派罗多维科从威尼斯送来了一封信，急召奥赛罗回国，让凯西奥代理他的职务，并且要“务必照办，不得有误”！这时苔丝德蒙娜来见奥赛罗了。奥赛罗就直接将心中的不悦全部发泄到了她身上。苔丝德蒙娜为奥赛罗粗暴的语言和举动伤心不已，这也让罗多维科深感怀疑：难道这就是那个让整个元老院称赞不已、英勇果敢的人吗？这就是他高贵的天性吗？简直太不可思议了！伊阿古则趁机向他爆料说奥赛罗不但性情大变，说话粗暴，而且还打老婆。只要他用眼仔细观察，一定还会发现很多事情的。罗多维科难以置信地摇摇头，失望地走了。

已经被妒忌冲昏了头脑的奥赛罗最终采取行动了。他来到住处先向爱米利娅询问，夫人是不是正在和凯西奥私通。爱米利娅连连摇头否定，但奥赛罗根本就不相信。爱米利娅一再保证自己曾经听过夫人和凯西奥之间说的每一句话，她敢用灵魂发誓，夫人是坚贞纯洁的。可嫉妒已经在奥赛罗心中生了根，他打断她的话，要她将夫人叫来。泪痕未干的苔丝德蒙娜走进来，问丈夫有什么吩咐。奥赛罗让她走到自己身边，说要看着她的眼睛。苔丝德蒙娜跪在他面前，小心翼翼地说："我知道您在生气，但请您告诉我这些话是什么意思。"

奥赛罗冷笑道："你是什么人，要这样要求我？"

"我的主，我是您忠心不二的妻子啊！"

奥赛罗握着苔丝德蒙娜的手，语意双关地说："这是一只慷慨的手！从前，姑娘把手给人，同时把心也一起给了他。现在时世变了，得到一位姑娘的手的人，不一定就能得到她的心。你这个长着天使脸的魔鬼，你敢发誓说你是贞洁的吗？"

苔丝德蒙娜颤抖着说："上帝啊！我是贞洁的啊！"

"住口！你这个狠毒的女人！天知道你像地狱一样淫荡！"

"你为什么这么说？难道我做错了什么吗？还是我做了什么违心的事？天啊！"苔丝德蒙娜伤心地哭起来。

奥赛罗看着她纯洁如潭的双眼，心里泛起一股酸涩。可是一想到苔丝德蒙娜做过的一切，他的心就变得怒火熊熊。他大喊道："你这个人尽可夫的娼妇！我只要一想起你干过的那些事，我的脸就会变成两座熔炉。你还敢问自己犯了什么罪？你这个不知廉耻的娼妇！"

苔丝德蒙娜听到这样的辱骂，只觉得天旋地转，她愤怒地喊道：

“我发誓，我不是娼妇！你不该这样侮辱我！如果你不相信，我宁愿用死证明一切！”

“随便你吧，狡猾的威尼斯娼妇！”说完转身走了。

一直守在门口的爱米利娅听到了他们之间所有的对话，她不知道究竟发生了什么事，只是劝苔丝德蒙娜不要太伤心了。苔丝德蒙娜让爱米利娅将伊阿古叫来，然后问他自己是不是一个狡猾的娼妇。伊阿古假惺惺地批评奥赛罗不应该这样说，爱米利娅大声咒骂：“一定是有个万劫不复的恶人在造谣生事，不然事情不会这样！”

伊阿古赶紧打断她，说怎么会有这样的人。爱米利娅说：“要是真有这样的人，一定要用绳子勒住他的脖子，让地狱里的恶鬼咬碎他的骨头！”爱米利娅兀自发泄着心中的怒火，用最恶毒的语言咒骂那个可恶的家伙，而伊阿古只能站在那里忍受诅咒。

晚上，奥赛罗和苔丝德蒙娜将罗多维科送走了，便叫苔丝德蒙娜先回卧室，自己一会儿就回去，并且把所有的侍女都支开。苔丝德蒙娜吩咐爱米利娅将新婚的被褥铺在床上，然后就叫她离开了。

而奥赛罗趁这个时间来到了街道上，因为伊阿古答应他今晚就将凯西奥干掉，他出来就是想看看事情进展得怎么样了。可伊阿古并没有亲自动手，而是让愚蠢的罗德利哥当了刽子手。罗德利哥在黑暗中趁凯西奥不注意刺了他一剑，但反被凯西奥回身刺伤了。躲在后面的伊阿古却趁乱刺中了凯西奥的大腿，凯西奥倒在地上，大喊：“救命啊！杀人了！”

正好赶来的奥赛罗听到喊声，知道伊阿古已经采取了行动，凯西奥已经上了西天。这更坚定了他行动的决心，他赶忙回到了自己的住处。

此时苔丝德蒙娜已经睡着了，他拿着烛台走到床边，静静地看着苔丝德蒙娜那张天使般的脸，她曾是他的理想和希望，他目不转睛地望着她，她是那样的美丽。他的思绪回到了美好的回忆中，往事历历在目。啊，这样心爱的人，自己怎么忍心杀她呢？他想趁着这最后的机会，再一亲芳泽，他俯下身吻了她一下。啊，多么甘美的气息啊，多么诱人啊！他一次又一次地吻着她。

苔丝德蒙娜被弄醒了，此时奥赛罗的心又变得坚硬起来。他冷漠地问她祈祷过没有，因为他不想杀一个没有准备的心灵。苔丝德蒙娜惊讶地坐起来：“你什么意思？你要杀人吗？”

奥赛罗承认了。“愿上帝垂怜我！”她见奥赛罗眼中闪出可怕的光芒，心里害怕极了。

“想想自己的罪恶吧！”奥赛罗对她的无辜毫不看在眼里。“难道我对你的爱也是罪恶吗？”苔丝德蒙娜缩成一团，孱孱地问。

“你是不是将我们的定情信物送给了凯西奥？”奥赛罗步步紧逼。

苔丝德蒙娜被吓坏了，但她还是极力为自己辩解，并要求将凯西奥喊来当面对质。她愿意用自己的灵魂和生命发誓，自己从来没有将自己的感情滥施到凯西奥身上，也从来没有送过他任何东西。

奥赛罗见她至死抵赖，就谎说凯西奥已经承认了一切，而且，凯西奥已经被自己杀死了。苔丝德蒙娜知道奥赛罗已经丧失人性了，自己一切都完了。她哀求他给自己一点儿时间，让她最后再祈祷一回。

但奥赛罗早已没有耐心了，他用手抓住她美丽的脖颈。苔丝德蒙娜奋力挣扎，奥赛罗举剑刺了过去……

这时候，爱米利娅慌慌张张地跑进来，边跑边喊：“杀人了！”她气喘吁吁地说，凯西奥杀了罗德利哥，而他自己则受了重伤。奥赛罗打开门，爱米利娅看到身体已经僵直的、躺在血泊中的女主人，哀号地扑了过去。

奥赛罗冷冷地说：“是我杀死她的，她这个淫荡的女人背着我和凯西奥通奸，所以我杀死了她。如果不相信，可以去向你的丈夫伊阿古求证，他知道所有的事情。”

爱米利娅指着奥赛罗大骂，口口声声说他是杀人的凶手，说他根本配不上这样的妻子。说完爱米利娅开始大喊，说摩尔人杀人了。很快，蒙太诺、伊阿古等人就全来了。爱米利娅指着伊阿古问：“你若是条汉子，就当着众人的面说摩尔人妻子的不忠。”

伊阿古见众人都注视着他，搪塞道：“我只是把自己知道的告诉给了他，我对他说的话已经被他证实了。”

“那你说过她不贞吗？”

“说过。”

“你说谎！你这个骗子！你以你的灵魂发誓，说这是真的，你敢吗？”

伊阿古怕事情败露，赶紧说：“好了好了，闭上你的嘴吧！”

爱米利娅指着床上苔丝德蒙娜的尸体告诉大家夫人已经死了。众人都被这样的惨状震惊了。奥赛罗则对妻子的叔父葛莱西安诺说：“确实是我杀了这个淫荡的女人，而我知道这是让人觉得震惊和残酷的。”

葛莱西安诺走到床边，说：“可怜的孩子啊！要是你父亲还在世的话，看到这样的惨状一定不会轻易罢休的，他一定会干出很多疯狂的事情，甚至赶走身边的保护神，毁灭他的灵魂。”

奥赛罗却淡定地说：“这确实很让人伤心，但是她把我们的定情信物送给凯西奥，而凯西奥自己也承认他们之间的事情了，我实在忍无可忍，所以就杀了她！”

“天啊！上帝啊！”爱米利娅惊恐地叫起来，“诡计！全都是诡计！我不要再闭着自己的嘴了，我要将一切真相都说出来。”

眼看事情就要露馅的伊阿古赶紧制止自己的妻子，要她赶紧回家。爱米利娅执意不从，伊阿古竟然拔剑刺向她。站在一旁的葛莱西安诺厉声制止了他。

爱米利娅对奥赛罗说：“你这个愚笨的摩尔人！你说的那块手帕是伊阿古让我偷偷拿给他的，虽然那只是一个小东西，但他催了我好多次让我帮他偷出来。”

“你这个长舌妇，你撒谎！”伊阿古像疯狗一样反咬一口。

已经明白了一切的奥赛罗扑向伊阿古，伊阿古刺了自己的妻子一剑后，跑了。

爱米利娅倒在地上，奄奄一息地对众人说，把自己放到夫人身边，说完闭上了眼睛。

被真相打击得失魂落魄的奥赛罗回屋里拿出一把宝剑，这是一把用冰泉的水浸过的西班牙宝剑，他曾经用这把剑冲锋陷阵，杀敌无数。可现在再次拿起这把宝剑，心中的勇气却荡然无存。他最后看了一眼妻子的尸体，痛苦地大喊道：“魔鬼啊！把我从这天仙一样的人身边赶到地狱里去吧。让狂风把我吹走，让沸腾的深渊把我淹没！苔丝德蒙娜！苔丝德蒙娜！”

这时伊阿古被众人抓了回来。

“据说魔鬼的脚趾是分开的，让我看看他的是不是这样的！”说着冲上去用剑刺伤了他。

奥赛罗必须为自己所做的一切买单——他失去了美丽贞洁的妻子，也将失去兵权和军队，他将变得一无所有。可是即使拥有对他来说也已经没有意义了，活着对他来说已经变成了一种痛苦。此时人们把受了伤的凯西奥抬了进来。事情的真相大白于天下，奥赛罗走到床前，深情地望着死去的妻子，痛苦地说：“我已经走完了我的路。为了荣誉，我犯了不可饶恕的罪。而你却永远地沉默了！苔丝德蒙娜，在杀你之前，我用一吻和你诀别。现在，我自己的生命也将在这一吻中终结。”说完，抽出匕首，猛地刺进自己的胸膛，倒在了血泊中，倒在了苔丝德蒙娜的身边。

作者小传

莎士比亚（1564—1616），英国文艺复兴时期伟大的剧作家、诗人，欧洲文艺复兴时期人文主义文学的集大成者，被誉为“时代的灵魂”。他一生共写有37部戏剧，154首十四行诗，两首长诗和其他诗歌。他的戏剧多取材于历史记载、小说、民间传说和老戏等已有的材料，反映了封建社会向资本主义社会过渡的历史现实，宣扬了新兴资产阶级的人道主义思想和人性论观点。由于一方面广泛借鉴古代戏剧、英国中世纪戏剧以及欧洲新兴的文化艺术，一方面深刻观察人生，了解社会，掌握时代的脉搏，故使莎士比亚得以塑造出众多栩栩如生的人物形象，描绘广阔的、五光十色的社会生活图景，并使之以悲喜交融、富于诗意和想象、统一于矛盾变化之中以及富有人生哲理和批判精神等特点著称。他的代表作有四大悲剧：《哈姆雷特》、《奥赛罗》、《李尔王》、《麦克白》；四大喜剧：《仲夏夜之梦》、《威尼斯商人》、《第十二夜》、《皆大欢喜》；历史剧：《亨利四世》、《亨利五世》、《理查二世》等。马克思称他和古希腊的埃斯库罗斯为“人类最伟大的戏剧天才”。虽然莎士比亚只用英文写作，但他却是世界著名作家。他的大部分作品都已被译成多种文字，其剧作也在许多国家上演。

第三篇　大雷雨

作品评价

《大雷雨》，奥斯特洛夫斯基作于1859年。故事发生在伏尔加河河畔的一个小城，纯洁美丽的卡捷琳娜嫁给了平庸无能的卡巴诺夫，专横的婆婆卡巴诺娃压迫得卡捷琳娜透不过气来。她不甘心这样屈辱地生活着，鲍里斯的出现为她黑暗的生活带来了希望，他们勇敢地约会了。最后，胆小懦弱、严重信奉宗教的卡捷琳娜在关键时刻讲出了一切，在大雷雨中纵身跳进了伏尔加河，以死向黑暗的农奴制社会作了最后的抗争。卡捷琳娜是19世纪俄国戏剧中最美丽动人的悲剧女性形象。19世纪俄国革命民主主义评论家杜勃罗留波夫曾高度评价卡捷琳娜这一形象的思想艺术价值，称她是“黑暗王国里的一线光明”。

在古老的伏尔加河河畔，坐落着一座同样古老的城市——卡里诺夫城。这是一座山清水秀、风光旖旎的城市。伏尔加河在流经这个小城的时候，河道忽然变宽，奔腾咆哮的河水也因此变得平缓、潺潺。尽管每到夏季，它还是会还原自己狂躁的本色，巨浪会毫不留情地撞击河岸的坚石，却依然不能阻挡小城散发出的魅力。而与美丽的城市风光形成鲜明对比的是，卡里诺夫城是个保守落后、死气沉沉的地方，人们的心灵依然生活在被牢牢禁锢的枷锁中。

就在这座19世纪的封建堡垒里，住着一位家喻户晓的商人——萨维奥尔·普罗科菲耶维奇·季科伊。他有一个有名的绰号“疯狗”，这个绰号的由来不是因为生意发达，而是因为他的粗暴和谩骂。季科伊经常仗着财势，到处乱骂人，而且肆无忌惮，他最喜欢说的话是“我高兴就饶了你；不高兴的话，就一脚踩死你”。全城人几乎都被他这样骂过，可见他的凶狠残暴。因此全城人都尽力躲着他，不愿意被他骂一顿而沾上很多天都洗不掉的晦气。

城里还有一个人很有名气，那就是总是装模作样摆出一副大慈大悲模样的富商寡妻马尔法·伊格纳季耶夫娜·卡巴诺娃。卡巴诺娃是个假善人，她对香客和叫花子可以慷慨布施，对家里人却从来都是心狠手毒，专制蛮横。她和季科伊一样刚愎自私、残忍冷酷，是这座城市荒谬秩序的代表，统治着这个古老压抑的黑暗王国。

一天，自学成才的钟表匠库利金正坐在伏尔加河岸一座公园的长椅上，眺望对岸的乡村景色，由衷地赞叹着大自然的美。他经常来这里呼吸新鲜空气，让沉重不安的心灵得到暂时的休憩。突然，他听到一阵叫骂声，他远远看去，有一个人正在指手画脚地大骂，即使离得很远也能感觉到那个人的急躁。库利金便问在一旁悠然散步的季科伊家的伙计库德里亚什和市民沙普金，想知道那人是谁。

原来，是季科伊在唾沫横飞地大骂侄子鲍里斯·格里戈里耶维奇："好吃懒做的家伙！怎么去哪儿都让我碰到你呢？呸，真该死！你赶紧给我滚！"顿时，公园静谧祥和的气氛就全被破坏了。

鲍里斯是个受过高等教育的年轻人，因为父母不幸得了霍乱去世了，他和妹妹便成了孤儿。祖母曾经留下遗嘱，让叔叔季科伊在他们成年以后，把他们应得的一份遗产给他们。但有一个条件，就是必须对叔叔孝顺有礼。在一个月前，鲍里斯来到了这个小城，季科伊不但不给他们一点儿钱，还牢牢地把鲍里斯控制在自己手里，像对待伙计一样地随便谩骂和作贱他，千方百计地找茬儿跟鲍里斯过不去。

季科伊的谩骂是全城人都领教过的，对他来说，骂人就是唯一的生活乐趣，更是他的交际方式。当然，骂得最凶的时候是因为钱，每一次买东西他知道应该给人家钱，可心里就是不舒服，所以每次结账都要大动肝火，臭骂别人一顿才能解气。钱对于他来说，简直如同命根子，只要有人跟他提到钱，他心里就跟炸开了锅似的，浑身火烧火燎的。甚至在集市上人家已经自认倒霉做了亏本生意，他还是要骂够本才会走。要是碰到一个他不敢骂的人惹了他，那就更要命了，首当其冲受害的就是他的家里人。有一次一个骑兵臭骂了他一顿，足足两个星期的时间里，大家都是东躲西藏，不是爬上阁搂，就是钻进储藏室，总之就是千万百计地躲着他，都不想挨他的谩骂。

库利金一向不满季科伊的暴君统治，但只是一直敢怒不敢言，他恨恨地说："哪儿不能骂，非来这儿骂！"库德里亚什则是个敢说敢斗的青年，他发誓一定要找个机会好好教训教训他。胆小怕事的老好人沙普金却劝他们省省吧，免得被他骂得狗血淋头。

库利金对于鲍里斯的遭遇非常同情，而且鲍里斯是在莫斯科长大的，他根本不习惯卡里诺夫城那些所谓"俄国的、本乡本土的东西"。这座城市风俗残忍野蛮、官员昏庸无能、商人狡诈贪婪、小市民蛮不讲理都让人觉得特别不舒服。尽管这样，鲍里斯还是忍耐了下来，原因除为了妹妹等待祖母留下的遗产外，还因为一个女人，一个他在心中苦苦恋着、但连话都不敢说、只能远远地看一眼的女人。因为她是个有夫之妇，而且是当地有名的富孀卡巴诺娃的儿媳妇——卡捷琳娜。

卡捷琳娜天真烂漫，但自从嫁到卡巴诺夫家后，就像变了一个人一样。结婚两年的时间里，她一直过着地狱般的生活：婆婆飞扬跋扈，狠毒乖戾；丈夫则只是个应声虫，根本没有思想。尽管卡捷琳娜处处小心翼翼，但依然换不来半点温暖。婆婆对丈夫近乎变态的爱，使得她处处找卡捷琳娜的茬儿，如果卡捷琳娜试图辩白，就会换来更恶毒的咒骂，连丈夫也会唯唯诺诺地帮母亲的腔。他从来不敢当着母亲的面对老婆好，尽管他爱她，而且一有空就跑出去，只知道懦弱颓唐地借酒麻醉自己，完全不顾妻子感情和精神上的痛苦。卡捷琳娜只能忍气吞声，尽管她已经对这个家完全绝望了，却也只能为自己青春凋零暗自神伤。

压抑窒息的环境下，卡捷琳娜只能时常回忆自己的少女时代。她经常对同样对母亲不满的小姑子瓦尔瓦拉讲述那时候的美好时光，她像一只自由自在的小鸟，无忧无虑，可以做任何自己想做的事情，母亲从来不勉强她。夏天她经常去泉边洗脸，然后带水回来浇花。从教堂回来后，就坐着用金线在天鹅绒上绣花，或听香客们讲故事、唱赞美诗。晚上常常做些美丽的梦——金碧辉煌的神殿，百花齐放的花园。

但最近，卡捷琳娜心里射进了一缕阳光，他就是鲍里斯。因为他，她感觉到了久违的温暖，她觉得心又变得明媚了起来。但她不敢接受这阳光，她本能地想要把他挡在心门之外。她害怕别人看到自己的变化，那样会让她变得更加恐惧和自责。因为她从小接受的是宗教教育，浓重的宗教道德使她觉得这样的事连想都是大逆不道的。城里有一位半疯癫的七十岁老贵妇，一看见长相甜美的女子就嚷："你们的美貌让你们高兴吗？"接着指着伏尔加河，说："这美貌呀，正要把你卷进深渊里！"这在卡捷琳娜听来，不啻最可怕的预言！她不仅相信预言，还相信打雷是上帝震怒要惩罚世间人的警钟。所以，每次打雷下雨她都吓得浑身发抖。

尽管害怕，尽管卡捷琳娜极力想让自己相信自己爱的是丈夫卡巴诺夫，不是鲍里斯，但愈是这样，就愈放不下鲍里斯。每当她去林荫路上散步的时候，总会遇到鲍里斯。他那双忧郁的眼睛散发出来的柔和热切的光，让她心里一阵阵莫名的悸动。只要一想到那孤独而修长的身影，她心中就充满希望。但当她意识到自己的内心秘密时，却又禁不住惶恐不安。好几个晚上，"魔鬼"搞得她六神无主，差点从家里跑出去。

这天，一家人又像往常一样去公园的林荫路上散步了。卡巴诺夫决定第二天出趟远门，要去两个星期，这对他来说简直是再好不过的事情。他早厌烦了这个家，尖酸刻薄的母亲剥夺了他的思想和爱妻子的权利，使他欲爱不能，在家里，他就是傀儡、木乃伊，是行尸走肉！这会儿，他就和母亲走在前面，聆听母亲的教诲，也不过就是些诸如"不要对长辈出言不逊"、"不要什么事都听别人的，要有主见"的刻薄"规矩"。卡巴诺夫尽管百般不愿，依然只能像鹦鹉学舌似的把母亲的话一句句地重复。

卡捷琳娜和小姑子瓦尔瓦拉在后面边走边聊。突然一只银白色的水鸥在河面上盘旋着，那自由自在的剪影是那么优美，卡捷琳娜不自觉地看入了神。瓦尔瓦拉看她痴痴的样子，打趣她为什么不想象自己是青蛙，在草地上蹦呢，说完开心地大笑起来。卡捷琳娜看着她开心的样子，不自觉地又想起了自己的少女时光，可一想到自己现在的生活，炼狱一般的生活，她的心就沉重得不行。

她对小姑子说："我觉得我快活不长了。"

瓦尔瓦拉的笑声戛然而止，她愣愣地看着嫂子："你怎么了？不要胡思乱想了！"

"不！这是真的！我怕极了！我觉得正有一双手把我往下推，而下面是万丈深渊，我抓不到任何东西……"她痛苦地捂住脸，失声痛哭起来。

瓦尔瓦拉被弄得莫名其妙，连忙问她怎么了，有什么事儿发生了。

卡捷琳娜抬起头，决定坦白一切，于是说："我昨晚做了一个梦，最近我经常做这样的梦。我梦见我和他热烈地拥抱，我们驾着小船在伏尔加河上遨游……但我是个有夫之妇啊！"

瓦尔瓦拉对于这些话的反应只是一个无所谓的表情。卡捷琳娜却依然纠结在这样的情绪中。瓦尔瓦拉因为母亲对嫂子太过苛刻，心里很不满，因此非常同情嫂子。而且她很早就感觉到嫂子爱的不是自己的哥哥，而是另一个人——鲍里斯。敢说敢做、率直爽快的她不仅一点儿没责备嫂子，反而鼓励她去追求真正的爱情。因为她自己也在暗地里偷偷与季科伊的伙计库德里亚什谈恋爱呢。

这时那个七十岁的老贵妇又出现了，依然说着那套不变的说辞，卡捷琳娜听后脸变得煞白。瓦尔瓦拉忙说："那是她年轻时造下的孽，怕遭报应，才用这些东西来吓唬别人，你可千万不要当真。"可卡捷琳娜依然坚定地相信那就是对自己最好的预言。

当只剩下卡捷琳娜与丈夫两个人的时候，她突然留恋起丈夫来了。她做的梦、疯婆子的话，还有最近一系列的情况，都让她内心充满愧疚。

只有对丈夫多付出些，才能减轻她的罪孽感。

她温柔地搂住卡巴诺夫的脖子，乞求他不要走，或者带她一起走。可卡巴诺夫却粗暴地说：“你们已经把我弄得焦头烂额了！我现在好不容易有机会飞出牢笼，你却还要死死地缠着我。我哪管得了什么老婆不老婆？”听到这样的话，卡捷琳娜的心彻底凉了，她怎么能够再继续忍受这样懦弱又自私的丈夫？一种可怕的预感袭上心头，紧紧攫住了卡捷琳娜的心。她突然一阵冲动，只想对丈夫发誓，好驱走那大祸临头的不祥预兆。她跪在丈夫面前说：“你不在家时，我决不以任何借口跟任何陌生人说话；除了你以外，决不去想任何人。否则，就让我见不到爹妈！让我不得好死！……”

卡巴诺夫最终还是走了。卡捷琳娜买了些粗布回来，希望借它们让自己的心安静下来，好打发沉闷无聊的日子，等待丈夫回来。

可瓦尔瓦拉却认为嫂子的机会来了。她先说服母亲让嫂子和自己在花园的小亭子里过夜，又偷来了可以通往花园外面的小门的钥匙。当她把钥匙给卡捷琳娜的时候，卡捷琳娜触电般地跳开了，惊恐地推开她的手，说：“干什么？我不要！”瓦尔瓦拉却不容分说地留下钥匙，找库德里亚什去了。

卡捷琳娜拿着钥匙，感觉手里像是托着一块正燃烧的炭。她心里一直催促自己：赶紧把钥匙扔掉，扔得远远的，再也不要看见它！可瓦尔瓦拉对自己的劝告却不失时机地涌上心头，她想到自己炼狱般的日子，婆婆的刻薄、冷酷，丈夫的懦弱、无能……没有爱情和自由的绝望生活，还有什么值得留恋的？而且越往后生活可能就越糟糕！想到这里，卡捷琳娜的心猛烈地颤抖，冲破禁锢的勇气倍增。她大声对自己说：“我为什么要欺骗自己呢？我宁可死也要见鲍里斯一面！……扔掉钥匙？不，天塌了也不要！我豁出去啦！”卡捷琳娜决心已定，把钥匙放进了自己的口袋里。

黄昏时候，跟往常一样，卡巴诺娃同寄住在她家的香客费克卢莎坐在大门外的长椅上聊天。费克卢莎是个游手好闲、无所事事的饶舌妇，却自以为见多识广，打着朝圣的幌子，到处招摇撞骗。费克卢莎把外面迅猛发展的世界说成是“瞎忙活”，却称赞卡里诺夫城“王道乐土，安居乐业”。她自作聪明地管火车叫“火龙”，把扫烟囱的工人看成撒莠草的魔鬼，还绘声绘色地说因为人们罪孽深重，时间才变得越来越短。总之，是“世界的末日到了”！在这座小城里，她是唯一一个赞美卡巴诺娃的人，因为她吃人嘴软、拿人手短——她在卡巴诺娃家里捞了不少好处。当然，卡巴诺娃也没什么损失，她“善人”的美名更加远扬了。她们俩谈得正起劲时，季科伊喝得醉醺醺地来了。他是来找卡巴诺娃聊天消气的，因为又一个人惹他生气了。在季科伊眼里，全城只有卡巴诺娃一个人跟他谈得拢，而卡巴诺娃也确实最了解他的心理。卡捷琳娜则趁着这个机会偷偷溜了出去。

此时，鲍里斯正和库利金坐在林荫道旁的长椅上聊天。库利金很惋惜地告诉鲍里斯，他们建成了林荫道，却很少有人来光顾，只有逢年过节，才有人为炫耀穿戴出来溜达一会儿。常来这儿的，只有那些忙里偷闲、正在热恋中的年轻小伙和姑娘们。穷人根本没有时间来这儿散步，他们不分昼夜地干活儿，一天只能睡三个小时。而有钱有闲的财主们呢？他们不愿出来呼吸新鲜空气，多半会早早关上大门，他们还会把狗放出来，为的是不让人们看见他们责骂自己的奴仆，虐待自己的家人。在这些大门紧闭的高楼深院里，有的只是荒淫无耻，纸醉金迷！库利金接着说：“财主们全部的秘密就是：抢夺孤儿、亲属和子侄们的财产，虐待奴仆，还不让人声张。”这些秘密，虽然“外人不得听闻”，但鲍里斯深有体会，因为他就住在这样一个家庭里。

就在鲍里斯与库利金愤世嫉俗地谈论着的时候，突然有一个人向鲍里斯招手。鲍里斯走过去，原来是瓦尔瓦拉，她悄悄告诉鲍里斯，晚上到卡巴诺娃家花园后面的谷地里去。鲍里斯很奇怪，问为什么，瓦尔瓦拉神

秘地说："去了就知道了。"

好不容易盼到夜幕降临，鲍里斯迫不及待地如约来到卡巴诺娃家的花园外。那是一片灌木丛生的谷地，一条蜿蜒的小道通向卡巴诺娃家的花园门。忽然一阵悠扬的歌声传来，鲍里斯奇怪地四处张望，发现花园门外有一个人正坐在石头上悠然地唱歌。

原来是正在等待情人的库德里亚什。这里是他经常来的地方，而那条小道就是他踩出来的。库德里亚什见鲍里斯居然闯进他的领地，不禁醋意大发，气势汹汹地说："有本事自己去找，凭什么动我的姑娘？小心我扭断你的脖子。"鲍里斯连忙解释说自己爱的并不是瓦尔瓦拉，而是有夫之妇卡捷琳娜。库德里亚什听后恢复了平静，他劝鲍里斯死了这条心，因为按卡里诺夫城的风俗，没出嫁的姑娘和谁约会都行，一旦出嫁，就像被埋葬了一般，除了上教堂，是不准独自随便外出的，更不要说与陌生人搭话了。否则，就可能把这个女人活活折磨死！更何况，卡捷琳娜的婆婆是那么不好惹。

不过过了一会儿，库德里亚什又向鲍里斯道喜："恭喜恭喜！既然她已经约你来这儿了，就说明事情还是有门的。"

一会儿，瓦尔瓦拉来了，库德里亚什就和她相拥着到河边去了。临走前瓦尔瓦拉神秘地对鲍里斯说："耐心地等一会儿，你会得到你想要的。"周围的安静让鲍里斯恍若梦中一般，这一切难道不是在做梦吗？夜晚、歌声、幽会，这幸福来得太突然、太不可思议了！此时鲍里斯的心在猛烈地跳动，身上的每一根血管都在兴奋中颤栗。

很快，卡捷琳娜窈窕的身影出现了，鲍里斯觉得自己快不能呼吸了，而心也快从喉咙里跳出来。卡捷琳娜慢慢地从小径走下来，裹着白色大头巾，眼睛低垂着。鲍里斯激动地迎上去，说："我真不知道该说什么了，卡捷琳娜·彼特罗夫娜！您知道，我一直深爱着您，盼着与您见面！"

“你这个可恶的人！你知道这是十恶不赦的吗？难道你不知道这会把我毁了吗？”卡捷琳娜神态矜持，惊恐而冷酷地说。

鲍里斯被这突如其来的咒骂弄懵了，他不解地问：“卡捷琳娜，难道不是你让我来的吗？”卡捷琳娜带着哭腔说：“难道我要你来毁掉我吗？你知道吗，那里就是我的葬身之地！”她指着伏尔加河，痛苦地说。

鲍里斯拉她在身旁坐下，温柔地说：“请安静一下，亲爱的。我怎么会毁掉你呢？你知道的，我爱你胜过这世上的一切，甚至我自己！”卡捷琳娜抬起头，迎着鲍里斯灼热的目光，终于搂住鲍里斯的脖子，说：“是的，是我让你来的，难道你看不出你的意旨在支配我吗？我爱你啊！”鲍里斯同样热烈地抱紧她，这两团炽烈的火苗，就这样彼此燃烧了彼此。仿佛这个世界就只剩下他们两个，人世间的烦恼、担忧和恐惧统统消失不见了。

卡捷琳娜静静地依偎在鲍里斯怀里，告诉他，自己第一次看见他的时候，灵魂就被他带走了。似乎只要他招手，她就可以天涯海角地跟随，绝不回头。而鲍里斯告诉她，知道她是有夫之妇，所以一直保守爱她这个秘密。而自己，则会拼了命的爱她，让她幸福。卡捷琳娜沉浸在巨大的幸福中，这幸福给了她巨大的勇气，即使被人家议论和指责，她也心甘情愿，哪怕是付出生命的代价……鲍里斯爱怜地按住她的嘴唇，“既然现在我们这么幸福，就不要说那些不吉利的话了。”说完，更紧地拥抱在一起。

就这样，在卡巴诺夫出门的日子里，卡捷琳娜与鲍里斯每晚都偷偷幽会，然后恋恋不舍地惜别，享受着这爱的欢愉和快乐。

卡里诺夫城不仅风景如画，而且有着悠久的历史，城里保留着不少古老建筑物和壁画，也正因如此，每天来瞻仰观光的游人络绎不绝。但这里也是个常遭大雷雨袭击的地方，且由于雷电交感的缘故，偶尔会有人被雷电劈死。对此，卡里诺夫城的人都说是因为此人罪孽深重，所以遭了报应。

这天是个大节日，林荫道上满是穿戴考究的财主、太太和游客。可是不久就下起了大雨，整个天空顿时暗了下来，一时间狂风大作，乌云滚滚，雷声阵阵。大家惊慌失措，纷纷忙着寻找躲雨的地方。理性的库利金知道问题没出在这里，就决定在林荫道上建造一座铜钟，上面架设一枚铜杆避雷针，以保证居民和游人的安全。他挨个向财主们筹款，但为富不仁的财主哪管这些，季科伊甚至把这称为“瞎忙活”，“作孽”！他不仅一卢布也不给，还极尽侮辱之能事地骂库利金是“强盗”，“想独吞”这笔钱。库利金强忍下这口气，愤愤地说：“等我有了一百万资金的时候再说！”

当时鲍里斯也在林荫道上，因为这段时间卡捷琳娜没有按时赴约，他坐卧不安，想知道是不是出了什么问题。在此路过的瓦尔瓦拉看见鲍里斯，便拉着他告诉他，最近卡捷琳娜的情绪糟糕透了，因为卡巴诺夫提早回来了，更加重了她情绪的反常。卡捷琳娜这些天根本不敢抬头看丈夫，每天脸色煞白，像丢了魂似的在屋里走来走去，好像在寻找什么东西，要么就把自己关在房间里号啕大哭。尽管卡巴诺夫没发现什么异常，但卡巴诺娃却好像从她异常的举动中看出了端倪。她像毒蛇一样盯着卡捷琳娜，这更令卡捷琳娜心虚不已。瓦尔瓦拉担心她会在什么时候突然扑通一声向丈夫跪下，将一切和盘托出，这才急急忙忙来找鲍里斯，让他想办法去看望卡捷琳娜。瓦尔瓦拉说完就急匆匆地走了。

而卡捷琳娜、卡巴诺夫、卡巴诺娃等人这天其实也在林荫道上。

远处一声霹雳，林荫道上的人都向古老建筑物的拱门拥去。卡捷琳娜失魂落魄地东躲西藏，看见瓦尔瓦拉，一把抓住她的手说：“我受不了！我、我心里痛苦极了……”卡巴诺娃毒蛇似的阴险地说：“本来嘛，为人不做亏心事，半夜敲门心不惊！”卡巴诺夫却说卡捷琳娜是因为天生胆小才这样的，还故意逗她说：“卡佳，你要是犯了什么罪，还是当着上帝的面忏悔得好，要知道瞒我是瞒不过去的。”卡捷琳娜一听这话，脆弱的神经终于崩溃，失声说道：“我要忏悔，我要忏悔……”

这时恰好鲍里斯走过来，他貌似轻松地跟卡巴诺夫打招呼，卡捷琳娜一见鲍里斯，惊叫一声，伏在瓦尔瓦拉身上号啕大哭起来。

乌云像线团似的不停地翻滚着，仿佛里面有个活的东西在滚动，直冲人们的头顶滚过来。一个年老的游客说：“这场大雷雨看来是来者不善啊，就算不劈死人，至少也得烧毁一座房子。”卡捷琳娜吓得紧紧地抱住瓦尔瓦拉，惊恐地说自己就是那个即将被劈死的人。而这时那个带着两个仆人的老贵妇也出现了，卡捷琳娜从瓦尔瓦拉怀里挣脱出去，急忙躲藏着。老贵妇指着东躲西藏的卡捷琳娜说：“你躲什么？漂亮的美人儿！要知道你是逃不过上帝的手掌心的，你最好带着美貌跳到深渊去！”说完冷笑着走了。

卡捷琳娜痛苦地揪着胸口，仿佛心已经被撕了个粉碎。瓦尔瓦拉劝她站到一边去祷告，也许那样心里会轻松些。卡捷琳娜走到墙边，刚跪下就看见了墙上的火焰地狱壁画，她像是被电击了一样反跳起来，大声尖叫：“地狱！火焰地狱！”之后扑通一声跪倒在卡巴诺娃和卡巴诺夫脚下，哭着说：“我再也受不了啦！妈！卡巴诺夫！我有罪啊！……”瓦尔瓦拉试图阻止她，但卡捷琳娜挣脱开她，痛苦地说：“这十天夜里我都跟鲍里斯约会去了……”正在这时，一声地动山摇的霹雳，卡捷琳娜晕倒在了丈夫怀里。

这场雷雨一直下了三天三夜才停止，可笼罩在卡巴诺娃家的阴云却并没有随之散去。卡巴诺娃把卡捷琳娜关起来，整天骂不绝口，还说要把她活埋，以示惩罚。卡捷琳娜却一声不吭，只是哭，或者表情木然得像个幽灵一样在家里走来走去，没人知道她在想什么。卡巴诺娃也把女儿关了起来，拼命折磨她。可向往自由的瓦尔瓦拉是关不住的，趁着黑夜，瓦尔瓦拉和库德里亚什私奔了。

卡巴诺夫面对家里乱糟糟的境况，依然一声不吭，只是一天到晚地借酒浇愁。这天他喝完酒回来时在公园里遇见库利金了，因为已经微醺，就开始向库利金诉苦。他以为莫斯科之行可以让自己解脱，所以在那里拼命喝酒，可谁知道在这十天的酣醉之中家就被可恶的鲍里斯毁了。库利金劝卡巴诺夫原谅卡捷琳娜。卡巴诺夫说："我爱卡捷琳娜，舍不得动她一根手指头。我心里已经原谅她了，但我母亲……我恨母亲，更恨这个家！"库利金告诫他说："现在该是你用自己的头脑生活的时候了！"卡巴诺夫刚想说什么，家里的侍女格拉莎慌慌张张地跑过来说少奶奶不见了。卡巴诺夫预感到有什么要发生，就赶忙拉起库利金，一块儿飞奔着出去找。

其实卡捷琳娜并没有走远，她只是神情恍惚地来到刚才卡巴诺夫和库利金呆的地方。此时的她已经什么都不留恋，这些天她像是身处人间炼狱一般，这个人间对她来说，已经没有什么值得她期待和向往。她只想在最后时刻跟鲍里斯话别，因为她知道自己和他将会天人永隔，只能来世再见了。然而，哪儿也不见鲍里斯的踪影。她绝望地拖着脚步来到伏尔加河河畔，对着伏尔加河说："我多么想他啊！我多么想他啊！假如我再也见不到他了，就让他在远处听听我的声音吧！"卡捷琳娜将相思之苦寄托给狂风，于是更大声地哭喊："我的欢乐，我的生命，我的宝贝，我爱你！你答应我呀！"

而此时的鲍里斯也已经被叔叔折磨得不成人样了，他将被送到遥远的西伯利亚一个商人那里做工，马车已经备好了，马上就要启程了。可鲍里斯心里放不下卡捷琳娜，也在到处找她。当听到卡捷琳娜的声音，鲍里斯循声奔去。终于在河边看到了熟悉的身影，她变得多么瘦弱啊，仿佛风可以把她吹走一样。鲍里斯不顾一切地跑过去，一对恋人紧紧地拥抱在一起。

卡捷琳娜脸上浮现出一丝满足的微笑，她深情地望着鲍里斯："我现在轻松多了，好像已经卸下了肩上的一座大山……我总算见到你了。”鲍里斯握紧拳头，愤恨地说：“要是这帮人知道我们告别时是什么滋味就好啦！上帝啊！这帮混蛋！恶棍！要是我有力量的话……”卡捷琳娜温柔地捂住鲍里斯的嘴：“不要为我难过，亲爱的人，你要答应我一件事，”等鲍里斯点头之后，卡捷琳娜才接着说：“你在路上要布施每个人，任何一个叫花子都别落掉，你要让他们为我有罪的灵魂祷告。”鲍里斯痛哭失声，痛苦地喊道：“上帝啊！我只求你让她早死，不要让她再痛苦下去了！”

鲍里斯走了。卡捷琳娜依然痴痴呆呆地站在原地。现在去哪儿呢？家里和坟墓根本没有区别，那就去坟墓吧。卡捷琳娜突然向往起坟墓来：一棵小树下面有座小坟……阳光普照，雨水滋润……春天，会长出嫩嫩的青草，细软细软的……鸟儿会飞到枝头，轻声歌唱……鲜花娇艳，五颜六色，各式各样……一切都是那么安静祥和，多好啊！想到这里，卡捷琳娜轻松了很多，她对自己说：“死难道不比活着更轻松吗？既然我如此憎恶这个城市，这个家，为什么还要活下去呢？不，不，不必了……”这时远处传来纷杂的声音，找寻卡捷琳娜的人打着火把，都汇集到这里来了。卡捷琳娜借着火光，吃力地爬上高岸，放声大叫：“我的朋友！我的爱！永别啦！”说完，纵身跳进了波涛滚滚的伏尔加河……

“有人跳河！”大家一齐向河边奔去。卡巴诺娃却死死拽住卡巴诺夫，还恶狠狠地说：“为了她把自己淹死，值得吗？她把咱们的脸都丢光了，现在居然又闹出这种事来！”卡巴诺夫双膝跪下，苦苦哀求，“让我把她捞上来吧！否则，我自己……没有她我还有什么好活的！……哪怕只让我瞧她一眼啊！”卡巴诺娃却异常冷酷地说：“等捞出来再瞧也不晚啊！”

不一会儿，库利金就把卡捷琳娜的尸体从水里捞了上来，抬到了卡巴诺夫和他母亲面前。卡捷琳娜的面貌没有什么改变，只是在太阳穴上有个渗着血的小伤口。原来卡捷琳娜跳下去的时候刚好撞到铁锚上了，死了过去。尽管库利金及时赶到，但卡捷琳娜已经死了。

库利金愤愤地说：“现在你们该满意了吧！这就是你们的卡捷琳娜！她的尸体在这儿，随你们处置吧。可她的灵魂现在正站在比你们更为仁慈的审判者面前！”

卡巴诺夫不顾一切地扑向卡捷琳娜，抚尸大恸：“卡佳！卡佳！”卡巴诺娃则乜斜着眼睛，冷冷地说：“她是自作孽不可活！”卡巴诺夫猛地抬起头来，逼视着母亲狠狠地说：“都是您！是您把她毁啦！是您杀了她！”卡巴诺娃难以相信地瞪着眼：“难道你疯了？你在跟谁说话呢？”

“就是您杀了她！”卡巴诺娃见儿子已经失去理智，就息事宁人地说有事回家说去。于是向众人鞠躬道谢，走了。

卡巴诺夫面对着卡捷琳娜的尸体，自言自语地唠叨着：“卡佳，你走了，我活着还有什么意思呢？”说完又失声痛哭起来。愁云惨淡，流水滔滔，伏尔加河似乎也在弹奏着一曲沉痛的挽歌……

随着“黑暗布满夜空，大家闭眼休息”的沉郁悲怆的歌声，卡里诺夫城沉浸在一片黑暗之中。卡巴诺夫的哭声仿佛在指责这个人吃人的世界，但有人说，卡捷琳娜就是这黑暗王国的一线光明……

作者小传

奥斯特洛夫斯基 （1823—1886），俄国杰出的批判现实主义剧作家，出生于官吏家庭。他一生共创作近50个剧本，主要有《自家人好算账》、《肥缺》、《大雷雨》、《狼与羊》、《没有陪嫁的女人》和《无罪的罪人》等，多以地主、商人、小官吏的家庭生活为题材，揭露和批判他们在宗法制度下的家庭关系和野蛮庸俗的生活习惯，反映了农奴制改革前俄国社会的腐败和黑暗，对俄国批判现实主义戏剧的形成和发展有很大的影响。代表作《大雷雨》写于1859年。剧作通过卡捷琳娜的爱情悲剧遭遇和她的抗争，对压制自由、窒息生机的旧制度、旧传统发出了强烈的控诉和有力的挑战。该剧性格刻画鲜明深刻，心理描写细腻，语言优美富有诗意。剧中大雷雨外景的运用，对刻画女主人公激烈的内心冲突，加强悲剧氛围，都是独特的艺术创造。

第四篇　熙　德

作品评价

唐罗狄克与施曼娜相爱了，但这对情人的父亲却因为国王选太子师傅一事争吵起来，因话不投机，施曼娜的父亲愤怒地打了对方一记耳光。唐罗狄克的父亲跑回家中，向儿子说明了经过。儿子心中顿时矛盾起来，父仇不可不报，但对方又是爱人的父亲，是要父亲还是要爱人呢？最后他的理智战胜了爱情，找到了施曼娜的父亲，并在决斗中杀死了爱人的父亲。自己的父亲竟为爱人所杀，施曼娜心中万分矛盾，最终她下决心请求国王处死唐罗狄克。故事的最后，国王想出了一个办法——通过唐罗狄克和别的勇士决斗来分出胜负，胜利者将迎娶施曼娜。最终唐罗狄克胜出了，施曼娜也因此原谅了他。

在西班牙卡斯提尔王国的塞维尔城，功名显赫的唐高迈斯伯爵的女儿施曼娜已经到了婚嫁的年龄。施曼娜小姐是伯爵的独生女儿，长得倾国倾城，花容月貌，被父亲看作是掌上明珠。而唐罗狄克是大臣唐杰葛的儿子，长得也是一表人才，玉树临风。虽然只是一个普通的骑士，但其正直勇敢已经全国闻名，就连国王唐菲南和公主唐纳玉格拉也对他格外赏识和青睐。

这天，唐高迈斯伯爵奉命去参加国王召开的国务会议。保姆爱乐维告诉施曼娜小姐，今天国王唐菲南要替太子选一位师傅，而凭着伯爵功名显赫的战功，这样的荣誉肯定非他莫属。她还悄悄告诉施曼娜，伯爵匆匆离家之前曾与她谈到了施曼娜的婚姻。伯爵十分看重唐罗狄克，说："唐罗狄克眉宇之间，有一种英勇男儿的伟大气魄。他们家世世代代都有这样的荣誉光环，虎父无犬子，儿子果然不负重望，也成了一名好汉。如果我女儿可以爱他的话，我一定开心不已。"

施曼娜听了这话既快乐又慌乱，她害怕这突如其来的幸福会在中途夭折。

而事实上，施曼娜与唐罗狄克的恋情是公主唐纳玉格拉一手促成的。公主虽然长着一副沉鱼落雁之貌，而且身份高贵，却非常平易近人。她一直深爱着唐罗狄克，但她知道自己身为公主，不可能下嫁一个骑士。为了平息自己心中的痛楚，她决定促成施曼娜和唐罗狄克的婚姻。现在，她急切地盼望施曼娜与唐罗狄克尽快举行婚礼，使自己不再存有半点希望，达到心灵的平静。

豪华的宫廷中，在公主的安排下，唐罗狄克和施曼娜见面了。但施曼娜的眼睛却不敢正视一表人才的唐罗狄克。他高挺的鼻梁、挺拔的身姿、深邃的眼睛，都在向世人昭示着他的勇敢。在这个王国，勇气象征着一切，而荣誉和信仰对一个绅士来说，更是值得用生命维护的。面对唐罗狄克的坚毅面孔，施曼娜怦然心动了。

而唐罗狄克对施曼娜更是一见钟情，不仅因为她父亲战功赫赫、德高望重，更因为她本人长得花容月貌、倾国倾城。唐罗狄克怎能不一见钟情呢?

公主把一切都看在眼里，她心里涌上来一阵甜蜜的忧伤，既为心上人高兴，又为自己惋惜。

然而，信心满满地出席国务会议的唐高迈斯伯爵却并不顺利。出乎他的意料，国王将太子师傅的职务委派给了唐罗狄克的父亲唐杰葛。原以为非自己莫属的荣誉落到别人头上，唐高迈斯恼羞成怒，他都不知道自己是怎么从国务会议出来的。唐高迈斯愤愤地想：“凭什么是他唐杰葛，他都到了该退休的年纪，而战功自己也不比他逊色啊？凭什么是他呢？”他越想越生气，这时候唐杰葛走了过来。

他阴阳怪气地对唐杰葛说：“恭喜你啊！国王恩宠你，把你提升到只有我才配得上的职位。”

“谢谢，这只不过说明国王没有忘记曾经为国征战的老臣罢了。”唐杰葛诚恳地回答道。

“但你别忘了，再圣明的君主也有犯错的时候，今天君主就犯了一个致命的错误。”

唐杰葛不愿理会唐高迈斯的不满，转而为自己的儿子向唐高迈斯求婚：“希望你在国王赐我荣誉后，再给我增加一个荣誉，把你的女儿许配给我的儿子。你只有一个女儿，我只有一个儿子，他们的结合将使我们两家的关系更加紧密，我们将比朋友更亲密。”

但此时的唐高迈斯还沉浸在失意中，他粗鲁地说：“我们家可高攀不起你们，你的儿子应该找门当户对的人家的孩子结婚。再说有你新职务的光辉，一定会让他心中充满虚荣。”唐高迈斯越说越生气，已经刹不住车了，他继续说，“你还是去执行任务吧，阁下，你要以身作则来教育王子。”

唐杰葛身为德高望重的贵族功臣，什么时候受过这样的非礼！他很不客气地回答：“不管别人怎么嫉妒，要说以身作则，他只要读一读我一生的史录就一切自然明了了。”

唐高迈斯已被气昏了头，他反唇相讥道：“我一天的功业，就可以与你并驾齐驱。难道你不知道吗？你已是昨天的英雄，而我却是今日的好汉。”

两位功臣唇枪舌剑、互不相让，越争火气越大，越争嗓门越高。唐杰葛说：“国王赏赐恩荣，本来就是按每个人的英勇来衡量的，你我之间已经分出了轻重了。”

唐高迈斯火了：“国王不过是看你老了，才这样照顾你。”

“那没得到恩荣的人，自然就是不配了。”

“谁不配？我？”

“当然。”

唐高迈斯忍无可忍了，他大声骂道：“你这个狂妄的老头儿，必须受到惩罚！”说着抬起手，一个响亮的耳光重重地落在了唐杰葛脸上。

唐杰葛的热血涌上脸庞，他按住剑说：“我们家族何曾受到过这样的侮辱？我真想……”

“你如此衰朽，还想干什么？”唐高迈斯根本不把年迈的唐杰葛放在眼里，“收好你本来应该属于我的剑吧！去做王子的师傅，教他读你一生的史录吧。今天你放肆的言词所得到的公正的惩罚，也让他读一读，这也算你史录上一个小小的点缀啊。”说完扬长而去。

唐杰葛怎能忍受这样的耻辱，他想拔剑而起，但岁月已磨去了他的棱角和威力，知道自己已经力不从心。他愤怒地喊道：“上帝啊！在这重要的关头我竟然年老气衰无能为力了！难道我活了这么久，就为了等这个耻辱？难道就让我忍受新职务带来的羞辱一辈子吗？难道就这样眼睁睁地看着别人侮辱自己而不去报仇吗？就这样忍辱偷生吗？”他踱来踱去，不自觉抚剑长叹：“宝剑啊！当年你是多么令人畏惧，现在我遭受这样的侮辱，你却只能摆摆样子，不能发挥应有的威力了！”唐杰葛发誓一定要找到更有本领的人，让他用这把宝剑为自己报仇。他脑海中第一个闪出的人就是自己的儿子。当想到儿子的爱情的时候，他自言自语道：“一个甘心忍受耻辱的人是不配拥有爱情的。”之后，就匆匆忙忙找唐罗狄克去了。

唐杰葛找到唐罗狄克，劈头就问：“罗狄克，你是好汉吗？”

“假如你不是我父亲，我现在就可以给你证明！”英武的唐罗狄克毫不迟疑地答道。

“很好，我的儿子，那现在来替我雪耻吧！”唐杰葛听到儿子的答复，从他身上看到了自己昔日的威猛，满意地点点头。他严肃地对唐罗狄克说：“现在一个极其残酷的侮辱摆在我们面前，让你我的荣誉都受到了致命的打击。我竟然挨了别人的一个耳光！我们家族什么时候受过这样的侮辱？按照常理这个无礼的人早应该被我杀死了，可惜我年事已高，不能亲自实现这个愿望了。儿子，考验你的时候到了，现在我就把这把宝剑交给你，由你带我去复仇，来证明你的勇气。这是一个十分可怕的人，我曾亲眼见证了他的英勇，看他击败过成百的骑兵，他就是……”

“快说吧，他究竟是谁？”唐罗狄克已然怒火中烧。

“他就是施曼娜的父亲！”

“啊？什么？”唐罗狄克被震惊了。

看到儿子震惊的表情，唐杰葛接着说：“我知道你心中的想法，可你知道吗？一个甘心忍受侮辱的人是不配得到爱情的。这次的侮辱虽然是加诸在我身上，但同样是对你的挑战。为了我，为了整个家族，儿子，去展示你的勇气吧！你要让别人看看，你是我这样父亲的好儿子。”

父亲的命令对于唐罗狄克来说，绝对是意外且严酷的打击，正沉醉在爱河里的唐罗狄克没想到自己竟要担当复仇者的角色。父亲、情人、荣誉、爱情，架起了一座天平，一边是高尚而严厉的责任，一边是可爱又专横的爱情。要成全爱情，荣誉就会倾斜，最终被牺牲掉；要复仇，爱情就会倾斜，情人就会被放弃。他觉得自己陷入了一个异常愁惨的境地，要么背叛爱情，要么忍辱偷生，这两者都让他痛苦不已。是应该忍受侮辱不去报仇，还是应该勇敢地复仇？唐罗狄克内心不再犹豫不决，他一直推重荣誉和名声，把这些看得比爱情还要重要。尽管复仇会引起施曼娜的怨恨和愤怒，让自己失去爱情的希望，但不复仇则可能让施曼娜鄙视，自己也不配得到她的爱情。他坚定地对自己说：“既然无论如何都要失掉施曼娜，那就让我的手臂保全我们的光荣吧。”想到此，他不再犹豫了。

卡斯提尔国王唐菲南是个人人拥戴的贤明君主，不只因为他身份高贵，更因为他为人贤明、宽厚仁义。他深深信赖自己身边的两员大将——唐杰葛和唐高迈斯，也正因此极力促成他们两家的婚事，想让他们结成秦晋之好。但没想到自己的决定却造成了两人的罅隙，唐高迈斯居然还不君子的动手打了唐杰葛。唐菲南国王赶紧派骑士唐阿里亚斯前去劝说，同时让自己的女儿去找施曼娜，以安抚她受伤的心。

唐高迈斯也觉得自己太过于暴躁了，为了一句不至于的话就如此大动肝火，实在是过于较真了。可一想到自己的尊严，他又不想向国王认错，也不想采取补救的办法。他自恃自己有功，觉得以自己现有的功业绝对可以抵折这次罪过。而国王的利益又与自己的生命息息相关，没有自己，国王的王杖就会掉下来。因此他强硬地拒绝了唐阿里亚斯的劝告，并要唐阿里亚斯转告国王："我绝不能甘心受辱。"

这场拒绝并没有让唐高迈斯兴奋，相反他更加后悔了，但现实已经不允许他反悔了，因为唐罗狄克找他来为父亲报仇了。

唐高迈斯对于唐罗狄克的目的一清二楚，但他觉得唐罗狄克并不是自己的对手，与自己对决，绝对是以卵击石的买卖。唐罗狄克低声问伯爵："你知道唐杰葛是什么样的人么？你知道我眼睛里闪耀着的勇气是得到谁的遗传吗？很快，我就会让你知道答案的！"

唐高迈斯狂妄地说，"你居然要同我比武，难道你不知道我是什么人吗？而你呢，旁人还不曾看见你手里拿过武器。"唐罗狄克不为所动，镇静地回答："我虽然年轻，但我拥有高贵的品质。凌云的志向给了我无比的气力，而你的手臂固然没有打过败仗，却也并不是永远打不败的。"

唐高迈斯很佩服唐罗狄克的回答，就对唐罗狄克说："我没有看错你，你绝对是卡斯提尔的荣誉，你伟大的心胸并没有被爱情削弱，我很乐意把女儿许配给你。"尽管如此，唐高迈斯还是不同意与他决斗，他觉得自己这样的英雄参加这样力量不均的决斗，是胜之不武的事儿，于是就劝说唐罗狄克："这种对你大不利的比武，还是算了吧。"

但唐罗狄克坚持，最后和唐高迈斯一起走出了宫廷。

此时施曼娜的心也被这场突如其来的纠纷折磨着。她了解父亲，也了解自己的情人，他们都是骄傲的、不允许被侮辱的人。她爱唐罗狄克，唐罗狄克也深爱着她，但风平浪静的海面突然起了这样突兀的风暴，很有可能一切美好都被打破。无论唐罗狄克对爱情是屈服还是抗拒，都叫自己为难。唐罗狄克若如果因为爱情放弃复仇，那样自己会看不起他；但如果他坚持报仇，却又会使自己难堪。这时公主来找她了，保姆却也在这时告诉她们：唐罗狄克和伯爵出去了，他们要决斗。施曼娜痛苦地晕了过去，而公主也痛苦地闭上眼睛，她不知道自己深爱的唐罗狄克会在这场决斗中得到什么样的下场。

国王唐菲南对于唐高迈斯的傲慢非常不满，他认为："攻击我选择的人，就是同我作对，也伤害了最高的权威。"于是命令骑士唐阿里亚斯立即逮捕伯爵。但过了一会儿，唐阿里亚斯匆匆进来报告说伯爵已经死了，唐杰葛的儿子替父亲报了仇。国王听说后，心里为自己失去一员大将减弱了自己的力量，而感到忧伤。

施曼娜找到父亲的时候，伯爵已倒在血泊中，鲜血从肋下不断地流出。施曼娜觉得父亲正在流血的伤口是在对自己说话，催促她去控诉一切。按照当时的习俗，施曼娜必须为自己的父亲向国王申诉。悲痛万分的施曼娜哭得像个泪人似的来到国王面前，唐杰葛此时也来到王宫，两人双双跪在国王脚前。施曼娜对国王说："请您主持公道，为了您的一个重臣被杀，为了消除这巨大凶杀案所激起的怨气和您的尊严，请您处死那个狂妄的少年！"

唐杰葛则向国王申述："唐罗狄克是在替自己的父亲报仇，他只是奉命的手臂，他杀伯爵只是为了恢复我的荣誉，洗净耻辱。如果这样的人要被处死，那我愿意用我的命来代唐罗狄克受死。"

国王面露为难之色，对施曼娜，他一直心存怜惜，视如己出；而唐罗狄克，自己更是深深喜爱，倍加赏识。但现在这对本该喜结连理的情人却反目成仇，他该怎么办呢？他一时找不到更好的办法，只好将这事提到国务会议上去商议。

此时唐罗狄克虽然已经为父亲报了仇，但内心深处却并不高兴，因为爱情也随之葬送了。所以，不知不觉中，他来到了施曼娜家里。唐高迈斯伯爵家的保姆爱乐维突然看见唐罗狄克走进来，惊叫起来："你这个杀人凶手，居然还敢来这儿？"

“我是来向我的裁判人自首的，我的裁判人是我的爱情，我的裁判人是我的施曼娜。”唐罗狄克请求爱乐维不要再用惊疑的目光看自己，他接着说：“我虽然已经取得了荣誉，但我已不配得到施曼娜的爱情，只能以死来谢罪了。”

爱乐维劝唐罗狄克最好不要出现在施曼娜面前，因为她已经够伤心的了，他的出现只会让施曼娜怒不可遏。而且假如别人看见他出现在这里，又会流言蜚语满天飞，说施曼娜在家里容留杀父仇人。正说着，爱乐维看见施曼娜回来了，便赶紧将唐罗狄克藏了起来。

施曼娜是和唐桑士一起回来的，唐桑士是一名骑士，一直在追求施曼娜。因为施曼娜选择了唐罗狄克，他一直在闷闷不乐。唐桑士告诉施曼娜，他愿意用自己的宝剑来惩罚唐罗狄克，用他的爱情来替死者复仇，并请求施曼娜允许。

唐桑士走后，施曼娜对着爱乐维放声大哭，眼泪像断了线的珠子。“这不仅仅是丧父的悲伤，也不仅仅是失恋的痛苦，而是我生命的这一半将那一半埋葬在了坟墓里。这场大祸它强迫我复仇，要我用剩下的一半，给失去的一半报仇。我控诉一个犯罪的人，却爱着这犯罪的人。”

在施曼娜心里，唐罗狄克在继续和父亲搏斗，这是愤恨与爱情的严酷斗争。施曼娜仍然深爱唐罗狄克，爱情对她的威力还很大。但她知道自己的义务，也知道父亲在等待自己去复仇。爱乐维试图安慰她，让她放弃继续向国王申诉。“不，我必须复仇。”施曼娜告诉爱乐维，“这样才能保全我的荣誉，解除我的苦恼。控诉他，致他于死地，然后与他同归于尽。”

“不用再费力去控诉了，你现在就可以把我的性命拿去！”唐罗狄克突然站出来，向心上人敞开了心扉。

唐罗狄克说：“由骤然的狂怒所造成的不可补救的结果，使我父亲丢了荣誉，使我饱受侮辱，因为一个耳光对于一个高尚的人来说打击太大了。即使时光倒回，我还会做这个决定。我知道，你爱我是因为我正直勇敢，如果我为了爱情放弃复仇，那我就不配为你所爱，同时也辱没了你的选择。我的确冒犯了你，但我不能不那样做，因为我必须洗刷我的耻辱，才对得起你的爱情。现在我对父亲已经尽了责任，我到这儿来就是为了把我的血献给你，让你满意。”

“我不怪你，唐罗狄克，我只怨命运的不公平。你尽了一个正直人应尽的义务，我却多了一份仇恨，必须挥剑自卫。我失去了父亲，难道还要失去你吗？可理智告诉我，人忍受了侮辱就辱没了自己的清白。你杀了我父亲，显示出你和我的般配，我也只有杀了你。”施曼娜说完让唐罗狄克离开，并发誓说：“如果我得到想要的结果，你一死，我绝不多活一刻。”

唐罗狄克脚步沉重地走出施曼娜的家，此刻他心中满是失望和痛苦，就这样跌跌撞撞地走到了家里，父亲此时正在等他。面对父亲的笑容，唐罗狄克一点儿也不兴奋，他沮丧地说，虽然他并不后悔为父亲复仇，但那一剑也砍去了他自己的幸福。现在，唯有一死，才能成全自己的心。

唐杰葛表情严肃起来，他教育儿子一定要把胜利的结果看得更高一点儿。现在不是寻死的时候，国王和整个国家还需要他的手臂，因为敌人的舰队已经开进了大江，今天晚上，摩尔人就要乘黑夜和潮水来偷袭他们的城市。朝廷处在混乱中，百姓深处水深火热，现在唐罗狄克应该率领自己家中父亲的五百个朋友，与入侵的非洲人血战。假如唐罗狄克想死，在那里可以得到更光辉的死。唐杰葛最后说：“你最好能带着胜利的皇冠回来，用自己英勇的行为来让国王为难，这才是取悦施曼娜唯一的办法。”

这番话使得唐罗狄克的热血和勇气再一次升腾起来，他当即率领这五百名勇士向海口进发。而施曼娜知道后，一直在为他祈祷，希望他活着回来。究竟是想让他上审判席还是为了得到自己的爱情，施曼娜自己也说不清楚。

唐罗狄克率领的是一支威武的队伍，每个人脸上都显示着必胜的气概。他们激昂奋勇地前进，一路上不断有援兵加入，到达海口的时候，队伍已经达到了三千人。唐罗狄克将队伍分作两部，两千人藏在几只大船的舱底，一千人卧倒在地。他还以国王的名义命令守城的卫兵也隐藏起来。终于，借着暗淡的星光，他们看见三十只帆船随潮驰过来，浪涛推着船身，海风吹鼓了船帆，摩尔人和海水一起涌进了码头。看到海口一片寂静，码头和城墙上都没有卫士，摩尔人放松了戒备。待他们进入埋伏后，唐罗狄克的士兵们一跃而起，齐声喊杀冲锋，摩尔人还没来得及列队就遭到了猛烈的攻击，顿时血流成河。但不久，摩尔人看清了形势，他们抖擞精神再一次涌上来。唐罗狄克越战越勇，双方在码头、船上恶战，黑夜中只见刀光闪闪。后来唐罗狄克的队伍占了上风，丢盔弃甲的摩尔人逃到船上，砍断船缆，狼狈逃走了。少数随从拼死抵抗，但最终也只好向唐罗狄克投降了。

唐罗狄克大获全胜，受到全城百姓的称赞和拥戴，到处都在传颂他的战功，称赞他勇猛英武，所向披靡。人们称他为“欢乐的对象”和“护国英雄”，唐杰葛兴奋地把两个戴王冠的俘虏锁了起来，用战胜者的名义呈献给了国王。

施曼娜听到这个消息后，心中的大石也落了地。但她马上意识到这是一种危险：“难道我因为关心他，便忘了自己的仇恨？大家恭维他、赞美他，我为什么要共鸣呢？”她要求自己理智，“把我已经减轻的怒气重新振作起来吧！”她请求爱情不要再说话了，请求仇恨重回心中，好抑制爱情，帮自己找回荣誉。正在这时，公主来了。

公主是来劝施曼娜和解的。“你肯听一个忠实朋友的意见么？”公主对施曼娜说，“现在，唐罗狄克是我们国家唯一的栋梁，他是卡斯提尔的支柱，是摩尔人的恐怖。如果你继续要求判处他，那就是希望国家倾覆。难道为了替父亲报仇，就应该把国家断送吗？”公主请求施曼娜以大局为重，不要再追诉唐罗狄克了，“况且国王也不允许你那么做啊！”

但施曼娜没有听从公主的劝告：“对于父亲的死，我别无选择。国王可以拒绝我，但我不可以沉默无言。”她再次来到王宫求见国王，请求国王处死唐罗狄克。此时国王正在接见唐罗狄克，他非常赞赏唐罗狄克的功业，决定将“熙德”的封号赐给他。因为熙德在摩尔人嘴里是至高无上的意思，唐罗狄克的每一次胜利都被摩尔人称为“熙德”，国王因此做了这个决定，大厅内的臣民一起高呼“熙德”“熙德”。

正在这时，施曼娜求见。施曼娜请求国王判处唐罗狄克，还父亲一个公道。国王说：“你的愤怒过于激烈了，他之所以杀你父亲，是因为你父亲是个挑衅者，正是公道在命令我从宽处理。”

对于国王的拒绝，施曼娜非常恼怒，她站起身向国王请求：“陛下，既然您对我公正的控诉这样轻视，那么请您答应我的请求！所有的武士中谁能替我砍下他的头，我就属于谁。”

“这太不公平了！”国王说，“一个战士倒下了，会有一千个战士站起来替他。你把自己当奖赏，只会让我所有的武士与唐罗狄克为敌。”

唐杰葛此时为施曼娜求情道：“王国的惯例不能打破，唐罗狄克是个勇士，相信一个能击退摩尔人的‘熙德’是能战胜任何人的。”

“那好吧，施曼娜，我答应你的请求。但你要记住，只能让唐罗狄克进一次比武场，而你愿意选择谁都行。这次决斗后，你不能再有任何别的请求了。”

国王话音刚落，唐桑士跨步上前：“国王，我愿意为施曼娜小姐而战。”施曼娜当即应允。

国王郑重地对施曼娜说：“不管他们两人谁得胜，你都要心甘情愿地嫁给他。”

决斗马上就要开始了，唐罗狄克再次来到施曼娜面前：“施曼娜，我是来和你诀别的。这些日子我一直在被爱情折磨，现在我终于可以解脱了，你也可以如愿以偿了。”

“你要去死？”施曼娜丈二和尚摸不着头脑。

“此刻我正向那愉快的时刻狂奔呢。我是跑着去接受命运的宣判，而不是决斗。当你希望我死的时候，我忠挚的热情自然不允许我偷生。你放心吧，我决不抵挡他的剑锋。”

施曼娜震惊了：“唐罗狄克，对你来说，你的荣誉一直比我重要得多。为什么还没有决斗，你就打算让别人胜利？”当施曼娜知道唐罗狄克去意已决的时候，终于吐出了压抑许久的话：“但假如我还爱你，亲爱的唐罗狄克，为了把我从唐桑士手里抢回来，你总该抵抗了吧！如果你的心还钟情我，那在这场决斗中，你只能赢不能输！”施曼娜情不自禁地说出这番话，然后满脸通红地进了内室。

唐罗狄克得到施曼娜的鼓励，信心满满地奔赴比武场。就在施曼娜心烦意乱地等结果的时候，唐桑士推开门走了进来，将一把宝剑送到她脚下。看到唐罗狄克的宝剑，施曼娜再也控制不了自己的情绪，她发狂地对唐桑士怒吼：“你这个卑鄙的人，是你夺去了我最心爱的人！你以为替我报了仇，但其实是要了我的命……”唐桑士想解释什么，但施曼娜根本没来得及等他说，就怒气冲冲地要去找国王。

这时，国王和唐杰葛走了进来，施曼挪向国王坦白道：“过去我的爱情服从了责任，现在，我的爱情可以尽情流泪了。”她请求说将自己的财产让给唐桑士，换取她去修道院哭泣的权利，好好哭泣自己的父亲和情人。

国王却微笑着告诉施曼娜：“你的情人并没有死，失败的是唐桑士。”唐桑士走上前，再次呈上宝剑。

原来，在决斗中唐罗狄克打落唐桑士的剑后，对唐桑士说：“不要害怕，我宁愿使胜利的结果不明了，也不愿让一个为爱冒险的人流血丧命。我遵命去国王那儿，就请你去对施曼娜报告决斗的经过，替胜利者把你的宝剑献给她吧。”

国王劝告施曼娜：“施曼娜，对这样完美的爱情，你不能再感到惭愧了。”

此时公主带着唐罗狄克走了进来，唐罗狄克走上前，半跪在施曼娜面前：“施曼娜，我并不是来要求得到赏赐的，我是重新来向你献出我的头颅的。假如我现在所做的事不足以偿还你父亲的债，就请你说出能使你满意的惩罚措施。如果我的罪恶能因此被洗清，我愿意做任何事。我唯一的愿望就是你能在我死后怜惜我的命运，说假如他不爱我，是绝不会死的。”

施曼娜静静地望着唐罗狄克，轻声说：“起来吧，亲爱的唐罗狄克。”然后转向国王，“陛下，对您的判决，我无力抵抗。唐罗狄克有使我不能恨他的美德和荣誉，但我的父亲允许我这样做吗？”

国王理解施曼娜的心情，他宽容大量地对施曼娜说：“如果你现在还有不能平息的怒火，那不妨把这一切交给时间。虽然律例要你嫁给唐罗狄克，但我特许你等一年，假如你愿意的话，我给你一年的时间去平息自己的情绪。”国王又命令唐罗狄克，“而唐罗狄克，你还要拿起武器，在战败摩尔人于海口之后，去进攻他们的国土。等你回来的时候，你要以自己的战功来迎娶施曼娜。”

唐罗狄克跪下说：“为了整个王国，为了施曼娜，我愿意尽我所能去争取更大的胜利！”

在场的人都露出了微笑。

作者小传

高乃依（1606—1684），法国古典主义戏剧大师。主要作品写于法国君主专制政体确立时期，描写克制个人欲望以服从国家利益的英雄，揭示处于尖锐冲突中的人物所表现出的个性及精神力量，歌颂他们的坚毅和理性。完成于1635年的《熙德》被公认为是法国古典主义的代表作。在古典主义美学思想指导下，他的剧作情节简练集中，语言明快有力，剧中诗句以雄辩著称。

《熙德》1637年初上演，引起激烈论争并遭禁演。高乃依为此沉默了三年之久，1640年始动笔创作了《贺拉斯》（1660年）、《西拿》（1641年）、《波利厄克特》（1643年）。这三部戏剧均取材于古罗马，与《熙德》一起成为高乃依的“古典主义四部曲”。

第五篇　安德洛玛克

作品评价

《安德洛玛克》取材于希腊文学，以理性为标准，基本遵守“三一律”，因而被称为法国第一部标准的古典主义悲剧。主人公安德洛玛克是特洛伊募雄赫克托尔的遗孀。特洛伊陷落后，安德洛玛克和儿子被俘成为希腊联军中庇吕斯国王的奴隶。她忘不了国难家仇，憎恨杀害她丈夫、毁灭了特洛伊的希腊联军，一直保护着唯一幸存的幼子，并在他身上寄托复国的希望。在贞节和儿子不能两全的情况下，她同意和爱比尔国王庇吕斯结婚，让他做自己儿子的保护人。她决心在婚礼完毕、儿子和庇吕斯“结上永远的关联”后立即自杀。安德洛玛克是剧中唯一一位正面人物，她不仅具有强烈的感情，而且还有高度的理性。她既以复国大业为重，又决不向仇人献出贞操。她的感情和理性是统一的，因而能临危不惧、战胜困难而成为胜利者。

在古希腊城邦时代，斯巴达美丽的王后海伦被特洛伊的王子掠走了。为此，众多城邦之间进行了一场混战。战火燃烧了整整十年，摧毁了无数城堡和宫殿。当然，时势造英雄，战争也因此催生了很多英雄人物，这个故事就发生在这些英雄人物的后代身上。

爱比尔国是希腊联邦中斯巴达的盟友，在当年那场争夺美人的战争中，爱比尔的先王阿西乐率军将特洛伊化为一场灰烬。为了答谢盟友，斯巴达王决定把他和海伦王后的女儿——美丽的公主爱妙娜许配给阿西乐之子，也就是现在的爱比尔国王庇吕斯。庇吕斯继承了先王的骁勇善战，一年前，他血洗特洛伊，并亲手杀死了特洛伊王子厄克多和他父亲，俘虏了厄克多美丽的妻子安德洛玛克和他们年幼的儿子。在六个月前，斯巴达的使臣就已经护送公主去了爱比尔。这件事让一个年轻人痛不欲生，这个人就是希腊英雄的后代——奥莱斯特。因为在很早以前，他就对爱妙娜钟情不已。但现在，心爱的人却要远嫁他乡，他心里如何平静得了。为此他一度离开希腊，在茫茫大海上漂荡，甚至想了却自己年轻的生命。但海上漂泊的日子，也让他渐渐说服了自己，挥剑斩情丝，不再让亲人和朋友担心，并且回到了希腊。

然而，命运却不准备放过奥莱斯特。庇吕斯在宫廷里养着特洛伊后裔的事被希腊人发现了，更令他们无法接受的是，庇吕斯居然不顾斯巴达公主爱妙娜已经奉婚约前来成婚的事实，疯狂地爱上了安德洛玛克，并想娶她为妻。于是，希腊城邦决定派奥莱斯特出使爱比尔，目的是想夺回安德洛玛克母子，实践一个民族对另一个民族的誓言。庇吕斯的移情别恋，使得奥莱斯特渐渐熄灭的爱火重新燃烧，这次他不仅要夺回安德洛玛克母子，还要夺回自己心爱的爱妙娜公主。很快他就以使臣的身份来到了爱比尔。

庇吕斯接见了奥莱斯特。面对曾经在梦中与之无数次决斗的情敌，奥莱斯特真想拿起武器真真正正地拼一场。但他毕竟是希腊使臣，所以平静了一下纷乱的心绪，就开始说起了外交辞令。他先赞叹阿西乐父子征服特洛伊的伟大功绩，然后言归正传，问庇吕斯："为何在爱比尔的王宫里至今还留着特洛伊的后裔？要知道这是在养虎为患，那个今天看来毫无抵抗力的孩子明日或许就是你庇吕斯的索命人。"

庇吕斯脸上满是不屑，他傲慢地说："这件事不必如此大惊小怪。现在特洛伊已经元气大伤，而爱比尔却强大无比，特洛伊根本没有复兴的可能。至于那对母子，我想不用你们来教我怎么处置。即使应该被处死，也应该是在一年前而不是现在。"接着，他缓和了一下语气，继续说："我早已经厌倦了战争，对我来说，残忍和屠杀都已是过去。我不愿再向毫无抵抗力的妇孺举起刀剑，我更愿意用爱来感化仇恨，用对生命的抚育来消解残酷的仇杀。"

"我再次以希腊的名义要求你除掉那个孩子，因为血债只能血偿，何况你也应该对希腊联邦的盟主负责。"奥莱斯特语气已有些强硬。

庇吕斯并不畏惧，他回敬道："我不做任何人的奴隶，即使那个人曾赋予我权力和爱情。"但是，如果把关系搞僵了对大家都不好，而且他早就听闻奥莱斯特深爱爱妙娜，于是就提出了一个他认为两全其美的办法：他宣布放弃对爱妙娜的婚约，让她回到奥莱斯特的怀抱，爱比尔将不会为她献上王冠；而奥莱斯特要带着自己的情人，带着他对希腊的拒绝返回斯巴达。

对于庇吕斯的决定，奥莱斯特进退两难。从使臣的角度来说，这个结果是他所不愿看到的，因为这表示他出使失败，有辱重托；但从内心感情来说，他又希望看到这样的结局，让爱妙娜和自己一起回希腊，共度余生，该是多么幸福的事情！所以他来到爱妙娜的住处，想探探她的心迹。

此时的爱妙娜正因为庇吕斯的无情抛弃而愤怒不已，她满腔热情编织的美丽的王冠梦就这样毁于一旦，自己如此高贵的人居然败在了一个女俘虏身上，世上还有比这更耻辱的事儿吗？很快，爱妙娜满腔的爱恋就转变成了不可遏制的恨，她恨庇吕斯薄情寡义，更恨夺走她爱人心的安德洛玛克。爱妙娜才不会走，不会这么轻易就认输，她要留在这儿不断扰乱庇吕斯的幸福，她要看到他们痛苦，这样自己才会快乐。或者强迫庇吕斯解除神圣的婚约，让他成为整个希腊的敌人，到时候不仅要夺走那个孩子，还要剥夺那个女人的一切，让她知道痛苦是什么滋味。最后激怒庇吕斯杀死她，只有这样爱妙娜的心才能得到安慰。

奥莱斯特来了，爱妙娜非常清楚奥莱斯特对她的感情，所以她决定让他帮自己完成这个伟大的复仇计划。她对他说："我应该相信是你未尽的柔情驱使你来找一个不幸的公主，还是应该认为你这种可喜的殷勤只是出自某种义务呢？"

奥莱斯特对于公主的骄傲并不介怀，他平静地答道："爱情让我这样盲目追求，我注定要不断发誓永不再来，却又要不断追逐崇拜你的美丽。现在站在你面前，我知道你的眼波又要翻开我的旧伤疤，而我每走向你一步都是在违背我自己的誓言，作为一个男子汉，我为自己感到痛心。曾几何时，我想彻底解脱，却发现求死不得，因为只有你的眼睛能让我得到久寻不得的死亡，只有你的残酷才能俘虏我的灵魂。"

爱妙娜根本不想听这些，因为在她看来，奥莱斯特的到来是因为肩负重任，是因为希腊人的委托。奥莱斯特说庇吕斯已经拒绝了他的请求，庇吕斯要继续护卫特洛伊的后裔。但是他可以带公主一起回国，现在他就是在离开爱比尔之前，来征求她的意见，听听她对自己命运的最后审判。爱妙娜听后却冷静地说：“你的责任是把整个希腊武装起来对付一个反叛的敌人，让他知道众叛亲离的后果，你要率领千百艘战船把爱比尔变成另一个特洛伊。如果庇吕斯如愿娶了那个女人，那整个希腊将遭受莫大的耻辱，而你也将背负出使失败的罪名。”

爱妙娜的这番话让奥莱斯特看到渴望已久的爱恋终于开始发光，他无比感激庇吕斯的移情，这是个千载难逢的好机会，正好可以让他带着自己的爱人远走高飞，今生不再分离。至于庇吕斯的所为和自己出使爱比尔的使命，就把它们交给上天吧。他深信，庇吕斯心中只有那个特洛伊女人，或许他此时正在找借口把公主遣走呢。只要庇吕斯一张口，一切就将发生极大的转机，届时他可以像个英雄一样，带走心爱的爱妙娜，享受幸福和爱情的甜蜜。而庇吕斯呢，只能拥有孤儿、寡妇、希腊人的愤怒和一个永远不会复兴的类似特洛伊的废墟……

安德洛玛克同样也听说了希腊使臣到来的消息，她一大早便来找庇吕斯，请求他履行诺言，允许她每日见一次未成年的儿子阿斯佳纳。庇吕斯看到安德洛玛克用平和的态度和他说话，而不是对他的热情报以仇恨和眼泪，心里非常高兴。他深信，奥莱斯特的到来对自己来说是个绝好的机会，一个千载难逢的可以俘获安德洛玛克芳心的机会。他试探性地告诉她，他将按照希腊人的意思杀死她的儿子。出乎他的意料，安德洛玛克听后异常平静，根本没有被吓倒，她为自己的儿子能让敌手畏惧而骄傲自豪，她表示将静静等待命运的安排。

此时庇吕斯更加欣赏这个美丽又有气节的女人了，他坦白道：“即使希腊人以千百艘兵船的武力相威胁，即使战火再一次燃烧，即使十年后爱尔比王宫化为灰烬，我也要用自己的生命来捍卫阿斯佳纳的生命。这一切，不是因为别的，而是因为我对你的爱。请你收回你的冷酷，接受一个崇拜者的心灵吧。”

但安德洛玛克根本不为所动，她坚定地说：“收起你的大胆和侠义吧，我不需要你怜悯，尽管命途多舛，但我做人的尊严不能失，更不能用所谓的爱去换取肉体的苟且偷生。作为一国之君，你要做的是熄灭这可能摧毁一切的爱火，将爱比尔的王冠交给爱妙娜。”

庇吕斯却说：“我的心早已经被你的美丽俘虏了，当命运把两个女人同时带到我面前的时候，我却发现自己已经有了选择，那就是你。为此，我毅然决然地拒绝了爱妙娜的求爱，甚至不惜违抗希腊联邦盟主的旨意，与全希腊人为敌。”

尽管庇吕斯的表白听起来感人肺腑，却并没有打动安德洛玛克。在她心中，对庇吕斯只有恨，因为他所有的荣耀都是建立在她和特洛伊的覆亡上的。这是两个民族之间不可消融的仇恨，唯一的办法就是以血还血。

面对安德洛玛克的冷漠，庇吕斯的心陷入空前的绝望中。他愿意为她抛弃一切，甚至为她做一个丈夫，一个父亲，去为特洛伊复仇，用复兴的特洛伊换取她的欢心。可这一切却遭到安德洛玛克无情的拒绝。他心中的爱慢慢转变成愤怒和仇恨，他决意用年幼的孩子来报复他母亲对自己的轻蔑和冷漠。他要按照希腊人的建议把她的儿子交出去，让她痛苦地咒骂、痛苦地流泪，最后痛苦地死去。

庇吕斯随后去找奥莱斯特，向他宣布自己的新决定。奥莱斯特却满心以为庇吕斯是来告诉他自己决意娶特洛伊的女人，请他带公主回国的消息的。事情眼看着就要按照自己的意志发展了，而自己也将如愿以偿带公主回国，因此心中兴奋不已。万万没想到，庇吕斯开口便对奥莱斯特表示了歉意，并说：“是你，让我想到了希腊，想到了父王阿西乐，想到了我的过去。先前的我几乎变得叛逆，竟想去复兴特洛伊，要知道那将使爱比尔先王和现有的基业变成灰烬。现在，我已决定按希腊人的要求，把特洛伊的后裔交给他们的使臣。”这番话将奥莱斯特彻底弄晕了，他没想到一天的时间里庇吕斯的想法就发生了翻天覆地的变化。他还没反应过来，便顺口接道：“这不就等于用一个不幸的孩子的血来换取和平吗？”

“确实是这样。”庇吕斯并不否认这点，“但我更明白，更大的和平来自爱妙娜，她才是永久和平的关键。所以我已决定和公主成婚，而这个美妙的时刻和神圣的场合，最不可或缺的就是你这样一位证婚人，因为你完全可以代表全希腊及爱妙娜的父亲。我希望你去通知公主，就说爱比尔国王渴望得到她的心与和平。”

这突如其来的转变犹如一记闷棍把奥莱斯特彻底打懵了，他呆呆地往自己的住处走去。一路上，心潮澎湃，待逐渐清醒之后，一股难以抑制的怒火在他胸中不断升腾：他要夺回爱妙娜，抢回自己的爱人，要不然自己会很快死去。为了能和爱妙娜相守一生，他什么都可以抛弃，甚至自己的生命也在所不惜。此时的奥莱斯特已经忘记自己正身处爱比尔的王宫，自己绝对不是庇吕斯的对手，而使臣的职责和宫廷内外庇吕斯的卫队和军队也全部被他无视掉了。

他去找爱妙娜，想将自己的决定告诉她。可先行一步得到消息的爱妙娜此时正沉浸在失而复得的幸福中。她相信，庇吕斯做出这个决定只有一个原因，那就是他爱她。所以当奥莱斯特问她如何看待庇吕斯的转变时，她说：“大家都觉得庇吕斯是个薄情寡义的人，都觉得他不忠不义，可谁知道，原来他的热情只是到最后一刻才爆发，在我即将离开他的时候才回心转意。”停了一下，她以貌似非常无奈的口吻说：“我对此又能做什么呢？我早已被许配给了他，这样的婚约不容我做主。爱情并不能支配一个公主的命运，只有服从才是无上的光荣，而这就是人们赋予公主的全部职责。”奥莱斯特听后带着伤心和愤怒走了。

安德洛玛克听说庇吕斯真的要把自己的儿子交给希腊人，顿时心如刀绞，母性和坚贞轮流在她心中翻腾，备受折磨。最后，她决定倾尽一切救自己的儿子。她想到了斯巴达的公主爱妙娜，希望她能帮助自己。

在女友赛菲则的陪同下，安德洛玛克很快来找爱妙娜了。安德洛玛克哀求公主："尊敬的公主，此时厄克多的寡妇正在你脚下悲啼，难道你不感到高兴吗？我不是因为嫉妒才流着眼泪到这里来表达自己的羡慕之情，羡慕你得到了一颗被你的美貌征服的心。我的眼睛有权注视过的唯一的心，已经被一双残酷的手刺穿。我的爱火只为厄克多燃烧，现在已经随他一起被埋葬在了坟墓中。令我欣慰的是我还有他留给我的儿子，我相信终有一天你会明白一个女人对孩子爱的深切。当初，我和厄克多曾经那么喜欢我们的儿子，即使丧失全部的宝物，也要留下我的儿子，可现在人们却要把他从我手中夺走。"她注视着爱妙娜的眼睛，继续说，"当年，特洛伊人被战争折磨得痛苦难耐，将怒火指向你的母亲海伦时，我曾叫厄克多做她的保护者。我当年能让厄克多做到的事，你现在同样能让庇吕斯做到。一个孩子失去父亲有什么可怕呢？现在请允许我把他藏在一个荒芜的岛上，相信他的母亲只会教他啼哭，请理解一个母亲的苦心吧！"

爱妙娜却冷冷地说："我体会你的痛苦，但我们的婚约是父亲的旨意，对我来说就是最严厉的义务。是父亲激怒了庇吕斯，现在或许只有你才能让他回心转意，因为你的眼睛曾经长时间统治着他的心灵，如果你让他做出了决定，我必当从命！"说完头也不回地走了。

公主的傲慢与轻蔑刺伤了安德洛玛克高贵的自尊，但为了儿子，她只能选择忍耐。这时，庇吕斯恰好来找爱妙娜。赛菲则暗中催促安德洛玛克向庇吕斯求情，可安德洛玛克始终不愿张口。庇吕斯见安德洛玛克仍然那么冷漠，勃然大怒，便故意对随从说："去把厄克多的儿子带出来交给希腊人！"

"等等，陛下！"安德洛玛克最终忍不住开了口。"既然你已经决定把我的儿子交出去，那就把他母亲一起交出去吧，几个小时前你还发誓说对我有多友好，你惩罚我连原谅的希望都没有吗？”安德洛玛克深知，现在是最后的机会了，如果她不能抓住它，那儿子真的要没命了。生性高傲的安德洛玛克愿意为了儿子放下高贵与骄傲，便哀求庇吕斯道：“请你体会一下被人拒绝的哀怨，接受只呈献给你的驯服和亲吻吧！”

但庇吕斯对他渴望已久的屈服却没有丝毫动心，他说：“你是不会改变主意的，因为在你灵魂深处，对我只有无尽的恨，唯恐对我的爱恋欠下什么情义；就连这个你倾注了全部心血和爱恋的儿子，如果我真救了他，你也可能因此减少对他的爱。你集中全部的怨恨和轻蔑来对付我，你比所有的希腊人都恨我。现在说什么都晚了，就请你悠闲地享受你高贵的怒气吧。”说完便转身要离开。

安德洛玛克彻底绝望了，但她还是拦住庇吕斯，满含希望和哀怨地说：“陛下，难道您从来没有想过你曾经陷我于什么境地吗？特洛伊的那场大火让我所有的家人和亲族在一夜之间丧了命。我的丈夫特洛伊王厄克多，他的身体在硝烟中流血陈尸，只留下我们的儿子和我与锁链为伴，一起成为你的奴隶。为了儿子，他的母亲什么都愿意做，所以我活了下来。我对命运将我们流放到这里而不是别处而感到莫大的欣慰，因为他是历史上多少帝王的后裔，现在命中注定他就该是奴隶，而且是在你的国土上。或许这就是不幸中的大幸吧，我曾经想过你的监狱会成为我最后的处所，我想，在阿西乐的儿子身上，神明会给我更多的仁慈。”说着，她转过身，对着窗口祈祷：“亲爱的厄克多，请你原谅我的轻信，我没有想到你的敌手会犯下什么罪恶。但不管怎样，我依旧相信他宽宏大量。请允许我在为你的遗骸所建的坟墓上，终结我所有的怨恨和罪过，只要不把我们母子拆散，什么都可以。”

听着安德洛玛克哀怨的哭诉，看着她那因为悲伤而憔悴却依然美丽的身影，庇吕斯的心一点点柔软起来，心中的冷酷和愤怒慢慢被冲淡化解了。他本以为自己不会再对这个女人有任何的温情和宽恕，现在他内心被刻意压抑下去的爱又死灰复燃了。他对她说："请你不要再强迫我做任何负义的事了，看在那个未成年的孩子的份上，让我们停止仇恨吧。难道还要我来请求你去救他？为替他请求恩典让我来亲吻你的膝盖？现在请你救他，也救你自己，要知道这是最后的机会了。"庇吕斯心里非常清楚，如果他接受她，就要割断和希腊联邦的盟友关系，斯巴达公主将被遣送回国。在公主骄傲的额头上，加上的将不会是爱比尔的王冠，而是永久的耻辱。但这一切和安德洛玛克的请求和感情相比，都是无足轻重的。他急切地对她说："我将在为公主准备婚礼的神庙中，为你戴上原本属于她的王冠。我的心已经为你而绝望、恐惧，我等的时间太久了，我不愿再听从命运不可知的宣判，失去你和继续等待，都会要了我的命，所以请你三思。一会儿，我会来找你，你的儿子将在神庙那边等我。我再说一遍，驯服和发怒，你选择前者，将得到王冠；选择后者，你会眼睁睁地看着你的儿子死去。"

安德洛玛克的心陷入了痛苦的挣扎中。过去那一幕幕惨烈的画面在她眼前一一闪过：厄克多身死沙场，被胜利者拖在战车后面一路奔驰，父王被刺倒在女儿脚边，庇吕斯在火光中闯进来，让无数生灵惨死刀下，自己和儿子则成了与锁链为伴的奴隶……丈夫、父王的生命，特洛伊的灰烬此刻变成了庇吕斯的王宫和荣誉，她怎能安心享受这份罪恶的成功？可是，她能安心面对儿子的死吗？他是她唯一的寄托和安慰，是厄克多的灵魂，是爱情永恒的见证，更是特洛伊的希望。"哦，不，我不能眼睁睁地看着儿子死去，我们去找庇吕斯，我不能送他去死！不，他不能死！"安德洛玛克语无伦次地喃喃自语。然后，她对赛菲则说："走，去向他保证……"但是她又不知该保证什么，在维护亡夫的尊严和拯救儿子性命的选择中，她的心在痛苦地煎熬着，最终她决定听取厄克多亡灵的意旨。

安德洛玛克和赛菲则来到厄克多的坟前。她静静地伫立着，没有表情，也没有言语，而是用心灵在和地下的丈夫交流，希望他能给自己一个

指引，让心重新变得安稳、宁静。赛菲则在一旁看着在痛苦中挣扎不已的安德洛玛克，不禁说："我一点儿都不怀疑，这是你的丈夫厄克多在你的灵魂中显出了神迹，他要你保全这个侥幸留存的儿子，让特洛伊在他手里复兴。庇吕斯已经答应你了，只要你说一句话就把儿子还给你。请你相信他所有的热情，父亲、权力、同盟，为了得到你的芳心，这一切都被他抛弃了，他让你做他的王后，难道这能是仇恨的胜利者吗？他对希腊的同盟军充满了侠义的愤怒，对你的儿子爱护有加，视如己出，还把自己的卫队留给你的儿子，以防因为希腊人的狂怒导致任何不测。为了你儿子的性命，他宁愿自己去冒险。此刻爱比尔的神庙里，一切都预备好了，你不是也已经答应去那里了吗？"

"是的，我要去那里，去看我的儿子。"安德洛玛克表情木然地答道。

"只要从此不阻止你去看儿子，不久就会对他施以慈爱，你去拥抱他也不会受到任何限制。将儿子培养成人是多么快乐的事啊，你将不再是为他的主人养活一个奴隶，而是将看到无数个君王在他身上复活。"赛菲则极力劝说着。

安德洛玛克此刻心里却已经做了一个重大决定，为了她和厄克多的儿子，她将答应同庇吕斯成婚，因为一旦结婚儿子就会成为她的被保护人。凭她对庇吕斯的了解，他虽然性情暴烈但心地诚实，只要他承诺的事情就一定会做到。这样，就可以让自己的儿子得到一个父亲。所以，她决定去祭坛接受庇吕斯的誓言，使他和自己的儿子结上永久的关系，然后她就结束自己的生命，以此来偿还自己负于庇吕斯、儿子、丈夫以及自己的义务，她将独自去和厄克多以及祖先相会。

她把自己的计划告诉给了赛菲则，并把自己唯一的宝贝托付给她，并嘱咐她坚强地为自己的儿子活下去，因为他是特洛伊唯一的希望受托者。她请赛菲则监视庇吕斯，叫他坚守誓言，并让她的儿子了解种族里的英雄，教导他以他们为榜样。告诉他祖先曾经因为怎样的战功而显耀于世，告诉他祖先拥有什么样的王权和尊严，让他牢牢记住父亲崇高的品德，还有母亲，但是不要再记住这些仇恨，忘记复仇。赛菲则因为惊恐和伤心一边哭泣，一边点头……

此时，爱妙娜已经听说了庇吕斯不可变更的新决定。巨大的耻辱点燃了她胸中熊熊的烈火，她叫女友去召奥莱斯特前来见她。奥莱斯特奉命前来，他为终于能执行公主的命令而深感欣慰，并猜测着公主请他前来的原因。爱妙娜直接问奥莱斯特到底爱不爱自己，奥莱斯特仰天长叹：“我的誓言和违背，我的出走与归来，我的尊敬与诅咒，我的希望与绝望，我那永远热泪盈眶的双眸，无不出于对公主的深沉的热爱，现在公主还要什么证据？！”

爱妙娜冷冷地说：“只要替我报仇，我就相信你。”

“我早已准备为公主重燃战火，美丽的爱妙娜一定可以造就出一个阿戛墨侬般的英雄，我要使爱比尔重复特洛伊的灾难，让我们的名字像我们的祖先一样万古流芳。”对于即将到来的耻辱，爱妙娜一刻都不能再容忍，她不想等一场战争爆发，她只要奥莱斯特在一个时辰内杀掉庇吕斯，让全爱比尔浸满悲哀和眼泪。

奥莱斯特略有迟疑，庇吕斯夺走自己爱人的仇恨早就让他有决一死战的冲动。但毕竟庇吕斯是一国之君，奥莱斯特宁愿公开决战，也不愿背负弑君的恶名。迫不急待的爱妙娜想尽一切办法刺激奥莱斯特，点燃他的妒火，让他不忍心拒绝。奥莱斯特别无选择，他请求公主让他晚上再行动。可爱妙娜一刻也不想多等，她吩咐道：“今天庇吕斯就要在神庙里迎娶安德洛玛克，他完成罪行就应该被杀。而他在那一刻，将完全在没有防备和卫队的情况下走向圣坛。他把卫队留给了安德洛玛克的儿子，而甘愿让自己投到狂怒的复仇者的刀剑下。你把我带来的希腊士兵和你的随从全部武装起来，要让刀剑沾满庇吕斯的血，因为他辜负了我，而且欺骗了使臣，根本无视全体希腊人的愿望而赦免了厄克多的妻子，所以他是罪有应得的。”

奥莱斯特仍犹豫不决，爱妙娜最后说，如果他不去，那她就亲自去杀死庇吕斯，然后再自杀，而这比活着更有意义。奥莱斯特无奈，为了夺回心爱的爱妙娜，他只好放手一搏。他答应按公主说的办，由公主做好接受或离开爱比尔的准备，而自己则赶往神庙。

奥莱斯特为她去复仇了，可爱妙娜的心却没有半点轻松。这因爱而生的恨，只有手刃负心人才能平复自己的内心，洗刷掉耻辱。可每当她想到庇吕斯真的即将被杀死的时候，庇吕斯的形象又浮现在她眼前，这个曾经让她如痴如狂的人，让她的心乱成了一团麻。她突然改变了主意，让女友去追奥莱斯特，告诉他在再次见到公主之前，什么都不要做。

这时，庇吕斯来了，他是来向公主坦白自己的决定的。他坦诚地告诉公主，自己那颗曾经准备献给她的心，现在已被一个特洛伊女子占满了。他愿意承受她的任何责骂和侮辱，也只有这样才能减轻彼此的苦痛。爱妙娜冷笑着说：“对你来说，任何誓约和义务的约束都是没有意义的，你把心给了斯巴达的公主，但同时又为一个特洛伊寡妇心动，当你得不到渴望的真心的时候，就回到我这里，可最终在打了个转后又回到了厄克多的遗孀那里。”爱妙娜越说越生气，语气里渐渐充满愤恨，“也许你正需要人们尽量以背誓者和负心人的称谓来诅咒你，以讨妻子的喜欢。你来这里的目的就是为了察看我苍白的愁容，好倒在心爱的女人怀抱里嘲笑我和我的痛苦。你想让所有的人都看见我跟在她坐的马车后面发狂、啼哭。但是庇吕斯，你想在一天之内得到所有这一切，未免有些太过贪心。当年厄克多的老父亲败在你手里，倒在了他曾目睹全家丧生的门前，可你恶毒的剑依然狠狠刺入他的胸膛，欣赏喷薄而出的余血的苍凉。宁静祥和的特洛伊浸泡在血泊里，王后被你亲手杀死，甚至所有希腊人都为此愤愤不平而反对你。你曾经做出过这样的事，还有什么事做不出来呢？”

面对爱妙娜的谴责，庇吕斯为自己极力辩解着，并且诡称自己的负心是对公主有益的事情，也许他们是命中注定不能在一起的。他以前的决定只是为了尽自己的义务，而公主也是屈服于义务，并没有什么强迫她必须爱自己。爱妙娜再也抑制不住胸中的怒火，她恨不得拿起一把利剑，马上杀死这个负心人。她愤恨地说："请你走开！去对安德洛玛克宣读曾对我宣读过的忠心吧！去亵渎诸神的圣灵和尊严吧！但是庇吕斯，你别忘了，这些神，这些公正的神们不会忘记，这相同的盟誓曾把你和我连在一起。把你抛弃我的心送到祭坛上去吧！但是，我要提醒你，一定要提防遇见我！"因为过于激动，爱妙娜差点晕过去，侍女连忙把她扶了回去。

躲在床上，爱妙娜心乱如麻，她说不清自己对庇吕斯的感情究竟是什么，是爱还是恨？这个自己曾苦苦追恋的人，曾带给自己莫大的快乐。她曾经总是不厌其烦地叫别人重复他的战功，在订立婚约之前，她就已经将芳心暗许给他了。可是他，对于自己的悲叹，却只有沉默；对于自己的惊慌，只有冷漠；对于自己的哭泣，没有半点同情。而这样的负心人，她却还在可怜他。即使是在受了莫大的羞辱后，爱妙娜的心还在关注他。她刚刚燃起复仇的火焰，心里却马上宽恕了他。难道自己漂洋过海、跋山涉水来到这里，就是为了来暗杀他，并毁灭他？哦，天哪，自己到底该怎么办？爱与恨在她心里交替沸腾、翻滚，她已经无力承受了……

爱妙娜知道，此刻祭坛那边正在进行一场盛大的本该属于自己的婚礼，庇吕斯则以胜利者的姿态，领取自己的胜利品——新妇，走向祭坛……这时，去追奥莱斯特的女仆回来了，告诉爱妙娜奥莱斯特什么也没说，只是沉默地跟着希腊卫兵进了神庙。爱妙娜忽然感到奥莱斯特不会按自己的意愿去做，想到这儿，她心里顿生无限哀怨。想到当年自己的母亲——美丽绝伦的海伦，没有一丝哀求就可以鼓舞起全希腊的武装为她效劳，她的美貌曾在十年的战争中让二十个并不相识的国王为她而死。如今自己只希望一个爱她的人去杀掉背誓自己的人，却不能如愿。最后，她决定，自己亲手去结果负心人的生命。

当爱妙娜走到半路的时候，奥莱斯特迎面跑了过来，他兴冲冲地告诉爱妙娜：庇吕斯已经死了。原来，当庇吕斯将王冠戴在安德洛玛克头上，对天神宣誓，他将以父亲的名义保护她的儿子时，婚礼进入了高潮。欢呼声淹没了一切，包括希腊人狂怒的呼声。这时，几个希腊士兵一拥而上，围住庇吕斯就是一阵乱刺，庇吕斯抬手挡住第一剑，第二剑已经刺进了他的背部，接着是第三剑……浑身血迹的庇吕斯挣扎着向前走，没几步就栽倒在祭台前面，等奥莱斯特冲上去的时候，庇吕斯已经死了。神庙里顿时一片慌乱，人们尖叫着四处散去。庇吕斯还没明白发生了什么事，就倒在了血泊中离开了人世，他的鲜血染红了祭坛……

爱妙娜听到这些惊呆了，她发疯般地指着奥莱斯特，大声嚷：“你永远背着这怯懦的暗杀犯的罪名吧，让全体希腊人赞美你的疯狂吧！你这个狂暴的野蛮人，你知道你用怎样的疯狂毁灭了一个壮美的生命！难道你是冷血动物吗？究竟是谁让你这样做的？！”

“神哪！难道不是你命令我那么做的吗？”奥莱斯特惊愣得简直不敢相信自己的耳朵。

“难道你该听从一个精神错乱的情人的命令吗？难道你没看出我激动的心每时每刻都在否认我的嘴吗？即使我曾要求你那么做，难道你就该服从吗？凶残的人，是你把不幸带到了爱比尔，我讨厌你！你走吧，希腊怎么会有你这样的怪物呢？”爱妙娜冲出王宫，跑到神庙，刚好看到爱比尔的士兵抬着庇吕斯的尸体走出来。看到浑身是血的庇吕斯，爱妙娜变得更加激动，她发狂似的推开众人，扑到庇吕斯身上，眼望天空，然后将短剑刺进了自己的胸膛。

庇吕斯的死震动了整个爱比尔国，人们把安德洛玛克认做王后，听从她的指挥，追赶所有企图杀害庇吕斯的希腊人。当有人找到奥莱斯特，要他赶紧上船逃走时，奥莱斯特已变得神经错乱，他在混乱的幻觉中失去了正常人的知觉……

作者小传

拉辛（1639—1699），出身于一个小官员家庭，自幼父母双亡，被外祖母和舅妈收养。拉辛天资聪颖，才思敏捷。他日后所得的成就归功于两件事：一是巴黎王家码头修道院冉森派教士的培养，教他学习拉丁文和希腊文，对古代西方文化有精深的理解；二是莫里哀剧团排演了他的最初的剧本《德巴依特》、《亚历山大》，使他掌握舞台剧的创作经验。拉辛的作品主要发表在1667至1677年的十年间，如《安德洛玛克》、《讼棍》、《布里塔尼居斯》、《费德尔》等。拉辛33岁入选为法兰西学院院士。第二年，路易十四确立了法国在欧洲的霸主地位，路易十四也被巴黎尊为路易大帝。路易十四踌躇满志，在凡尔赛宫大宴群臣，拉辛的《伊菲莱涅亚》被选中在宫里演出，后来又在巴黎演出。拉辛不但会写悲剧，也会写喜剧，其作品《讼棍》丝毫不比莫里哀的作品逊色。拉辛的最后一部杰作《费德尔》，受到保守贵族的攻击，以“有伤风化”停演。由于国王干预事态平息，拉辛辍笔达十二年之久。

第六篇　哀格蒙特

作品评价

剧本《哀格蒙特》取材于16世纪尼德兰人民反抗西班牙的斗争历史。哀格蒙特在历史上是一个动摇不定的贵族反对派，歌德把他写成一个为民族的自由和统一而斗争的、受到人民爱戴的英雄。但是哀格蒙特缺乏积极的行动，主张采取温和的手段，最后被处死。剧中仍然保留着狂飙突进运动的革命情绪，但人物的反抗精神已经降低。音乐家贝多芬根据该剧创作了一首名为《哀格蒙特》的著名乐曲，流传于世。

16世纪的尼德兰是西班牙国王腓力二世统治的领地。腓力二世的父亲就是号称“世界之王”的查理一世。查理一世当政的时候，亲民爱民，体谅百姓疾苦，每次外出，不管是步行还是骑马都很少带随从，见到百姓，就像和邻居见面一样亲切地打招呼。查理一世退位时，把王位传给了自己的兄弟，西班牙和尼德兰则给了儿子腓力二世。在他移交政权时，尼德兰的百姓是垂泪惜别。腓力二世的做派与父亲迥然不同，他非常讲究国王的派头，平时高高在上，只有在大队人马和仪仗队的陪同下，人们才能见到他的面。因此，人们对他的评价远不及他的父亲，在公众场合，经常可以听到人们对这位冷酷国王的抱怨之词。

这不，在布鲁塞尔市中心的射箭场上，人们又把话题转到了腓力二世身上。

这次得到射击之王称号的是尼德兰贵族哀格蒙特伯爵手下的士兵布伊克，他神勇地连中四个黑环，人们高声欢呼：“万岁，射击之王万岁！”

人们纷纷议论：“他射起箭来简直跟他的主人哀格蒙特伯爵一模一样。”

布伊克听后变得很不好意思：“我根本不能和他相提并论，他打起枪来，世上谁也比不上。即使运气不够好，情绪不高，他也能一举射中目标，他确实是信手一射就能百发百中的高手！”接着，他豪爽地对大家说，“射击之王理当请客，大家尽情喝吧，全都记在我账上！”

但是按照惯例，赛后宴请应该大家每人出一份，射击之王出双份。裁缝耶特尔对布伊克说：“不是每人都……”

布伊克没等他说完，就摆摆手说：“我是外邦人，今天又是射击之王，所以就听我的吧！”

旁边的人见状又不禁感叹道：“他这种气派，跟他的主人简直一样，绝对豪爽、慷慨大方。”大家随即把酒端起来，齐声说：“敬祝陛下身体健康！万岁！”

布伊克一听大家喊“陛下”，顿感疑惑不解。耶特尔连忙对他说：“这是在祝贺您，射击之王陛下。”商人泽斯特凑过来说：“当然是祝您啦，尼德兰人是绝对不会祝愿西班牙国王身体健康的。”

说到这儿，大家就开始七嘴八舌地议论起腓力二世来。

“他跟他父亲真的是父子关系吗？为什么他的架子这么大？”

“他根本不配做我们尼德兰人的领袖！真正的领袖应该跟咱们一样活得乐观、自在、无拘无束。尽管咱们看起来像心地善良的傻瓜，但别人要看不起咱们或者作威作福也是绝对不可以的。”

耶特尔说：“我想，只要这位国王身边有几个好谋士，他一定会变得仁慈贤明的。”

泽斯特反驳道：“他对咱们尼德兰人没有丝毫感情，他的心不向着咱们，也不体恤咱们，咱们为什么要爱戴他？为什么哀格蒙特伯爵深受爱戴？咱们又为什么甘愿为他效劳？就是因为他确实是在为咱们谋福利，他的眼睛里满是欢喜和快乐，透射出善良的光芒。即使他变得一无所有，仍然不愿意分享穷人或有钱人的任何东西。祝哀格蒙特伯爵健康长寿！布伊克，我提议，首先祝你身体健康，然后，祝你的主人万寿无疆。”

布伊克随即举起酒杯：“这也是我的衷心愿望，祝哀格蒙特伯爵万岁！”众人举杯，高呼：“万岁！”

他们嘴里的哀格蒙特伯爵是一位正义、勇敢、深受爱戴和景仰的尼德兰贵族，他身经百战，屡建奇功，曾在加来击败法国兵，迫使法国国王与尼德兰签订了和约。因此他得到了一份特殊的荣誉——金羊皮勋章。金羊皮勋章有特殊的作用，凡是拥有它的人，就相当于拥有了防护罩，国王不能随意处决他的命运，只能由骑士团长和教团骑士大会裁决。

“国王应该让他当咱们的摄政王，接替玛加丽特·冯·帕尔玛。”耶特尔感叹道。

泽斯特却不同意他的话，因为他觉得玛加丽特也是一位能干的女子。

耶特尔并不否认这点，他承认玛加丽特人聪明，而且办事有分寸。不过他对她近来在国内新增十四个主教的事颇不以为然。这里本来只需要三位主教就可以了，她却偏偏整出这么多人来，这不明摆着没事找事吗？现在，当局不允许百姓唱新的赞美诗，说它们尽管韵律优美、内容感人，但包含了异端邪说，而那些下流的靡靡之音却可以想唱就唱。宗教裁判所的人现在到处巡逻，密切关注人们的一举一动，弄得人心惶惶。

听到这些，布伊克自豪地说：“在我们那里人们爱唱什么，因为总督哀格蒙特伯爵从不过问这种事。天下难道还有什么东西比赞美诗更纯洁吗？”

耶特尔听了布伊克的话更加气愤，他抱怨道：“现在真是世风日下，人心不古啊。没准某一天，当我坐在家里干活儿，嘴里哼着法国赞美诗——我根本没考虑这诗的好坏，只因为它在我嘴边——突然巡逻的人闯进我家，要将我关进监牢，因为我是异教徒；或者，当我某一天下乡，看见一群人在听一位德国新教教士布道，我往那儿一站，结果脑袋就保不住了，因为我是叛党……哼，这什么世道啊！对了，你们听过教士讲道吗？”

恰好泽斯特几天前在乡下听见一位教士讲道。这位教士不像以前的教士，只知道乱敲讲坛，讲些枯燥乏味的东西，而是讲真话，告诉人们如何开启心智，不被人愚弄、牵着鼻子走。而且引经据典，让《圣经》来证实自己的观点，这种讲法让人觉得耳目一新。

布伊克见大家只顾着聊天，便提醒道：“快喝酒吧，先生们，你们不要只顾着聊天，就忘了喝酒，忘了奥兰宁。”

奥兰宁也是一位同样受人尊敬的贵族，是哀格蒙特的至交。提到奥兰宁，耶特尔连忙举起酒杯，对大家说：“什么时候都不能忘了奥兰宁，因为他就是一堵墙，只要躲在他后面，是连魔鬼也没法找到的。奥兰宁，万岁！万岁！”

众人也一起高声呼应。

接下来，一位因战争导致耳聋的残废军人也举起酒杯，高呼：“战争万岁！为所有的军人干杯！”人群中又迸发出一阵高喊：“战争万岁！”

“战争！战争！你们知道自己喊的是什么吗？你们喊得很随意，我心里却反感得很！”耶特尔用力把酒杯摔在地上，愤愤地说。的确，战争带给人们的除了灾难就是恐惧，城市被侵占，市民被虐杀，妇孺惨遭不幸。人们机械地打仗，却并不知道自己为什么战斗，也不知道在图什么。对耶特尔来说，战争的残酷他记忆犹新。有一次，一帮士兵驻扎在他家里，残忍地把他从地窖、厨房、房间和床上赶走，让他无立足之地。每每想到这些，他就对战争更加憎恶。

为了缓和大家激动的情绪，安抚大家，布伊克说：“诸位先生，军人不是都喜欢和平吗？那现在就让我们为市民永享和平干杯，祝他们安居乐业、国泰民安、健康长寿！”

耶特尔接着说："为永享太平干杯！"

泽斯特也举起杯："为秩序和自由干杯！"

在场的所有人随后都高呼着这两句祝词彼此碰杯，现场气氛达到了高潮……

正当人们为永享太平、秩序与自由干杯的时候，女摄政玛加丽特却正在为一件"扰乱秩序"的事头疼。原来，哀格蒙特管辖的法兰德斯省发生了新教徒袭击教堂的恶性事件，而且事情的影响还在不断扩大。起因则应归结于当局派来的十几个异族主教，他们对财产的热衷远胜于人们的福利和灵魂。他们每到一地只知道拼命搜刮钱财，从不管人们的死活。当地人渐渐看穿了他们掩盖在圣衣下的肮脏灵魂，于是纷纷投向刚刚兴起但能帮助人们摆脱灵魂被人愚弄的新教。教民手持木棍、梯子、绳索、斧头，纷纷冲进大小教堂和修道院，把里面的信徒全部赶走，打开紧闭的门窗，掀翻圣坛，击碎圣体，破坏圣像，还把主教的藏书楼烧毁了。更严重的是加入的人不断增多，声势越来越大。玛加丽特担心事情一直这样演变下去，会出现难以收拾的局面。所以就趁着风声还没传进国王耳朵里的时候，赶紧给自己的哥哥腓力二世写了一封内容详细的信。

其实，玛加丽特早就预见到这场暴乱会发生，因为压制新教只能带来这个后果。她的亲信马夏菲尔也向她提出容忍新教，把它与传统的信仰分开，自立门户，并用市民的法律约束它，限制它的建议，因为只有这样，骚乱才会立刻平息。强硬的手段只会激化情绪，导致战争爆发，届时国土就会沦为废墟。对国王来说，让两种宗教和平相处好过在它们中间制造摩擦。但腓力二世却一意孤行，强令玛加丽特采取强硬措施。身为摄政，玛加丽特只能奉命行事，否则她将失去国王的信任。

更令玛加丽特倍感不快的是，当她听闻此事而责问哀格蒙特的时候，他却一副没什么大不了的表情，认为这不足挂齿。玛加丽特心里非常明白，哀格蒙特和奥兰宁现在正在联合起来反对她，这两个人非常危险。

奥兰宁叫她害怕，哀格蒙特让她担心。在她看来，奥兰宁是个心怀不轨、行动诡谲的人，他表面上从不拒绝什么，但有野心；哀格蒙特却恰恰相反，他放浪不羁，总是高昂着头，仿佛整个世界尽在掌握，国王任他随意支配，老百姓前呼后拥，他心胸宽大，一点儿都不担心会有人找他的茬。玛加丽特欣赏他的高贵坦荡，但对他妒恨得很，因为他是自己的强劲对手。这次之所以出现法兰德斯事件，就是因为他平日实行纵容政策所致。所以她准备借这个机会召集属下开会，给哀格蒙特一个下马威：要么让他一起平息骚乱，要么让他露出反叛者的原形。

为了不让这场混乱蔓延到布鲁塞尔，侍卫队加强了巡逻和防范的力度。人们从政府的异常举动中猜出一定是发生了什么事，而消息灵通人士则到处散布着一些他们听来的片断。

傍晚，裁缝耶特尔来到广场上，昔日熙熙攘攘的人群不见了，只剩下三三两两的人在聊天。他听见有人在议论法兰德斯的事，便惊讶地问："他们真的攻击了法兰德斯的教堂？"

木匠转过身，凑近他耳边说："是的，他们把法兰德斯的教堂和小礼堂洗劫一空，除了四堵光秃秃的墙壁，什么也没留下。真是地地道道的暴徒！"木匠情绪有些激动，"这下可弄砸了咱们的好事。咱们应该在前一阵时局正常的时候，向摄政要求权利，并且坚决不放松。现在再讨论这些问题，就很可能被扣上聚众闹事的帽子。"

"是啊，现在人人都知道，枪打出头鸟，强出头是要掉脑袋的。"耶特尔觉得他说得很有道理。

木匠不无忧虑地说："我更担心的是那些不愿丢失一根汗毛的老百姓，他们利用咱们提出的呼吁作借口，使国家陷入混乱。"

这时，泽斯特也来了。"你们好，先生们！有什么大事发生吗？那些捣毁圣像的暴徒是真的正在向这儿长驱直入吗？"

"这儿不许他们动一根毫毛。"木匠神色坚定地说。

泽斯特带来了另外一些消息。他听到他店里买烟的士兵说，摄政一向精明、强悍，现在却慌了手脚。此刻她正躲在卫兵中间，轻易不敢抛头露面，局势想必已经很糟了。有人甚至预言，她想离城出走。

“她不能走！她在这里还能保护咱们，咱们也情愿保障她的安全。只要她愿意维护咱们的权利和自由，那咱们就甘心为她效劳。”木匠激动地说。

这时，跑来一个人，神情紧张地说：“不好了！局势变得更加严重了！后果将不堪设想！——你们要少发议论，免得人家把你们当成暴徒抓走。”耶特尔一看原来是烧碱厂的工人。

越来越多的人聚拢过来，不安地侧耳听着他们的议论。

这时，一个书生模样的人也凑过来，问：“上帝保佑你们，先生们，有什么大新闻吗？”

耶特尔小声对木匠说：“这不是维特博士的文书范森吗？”

木匠说：“是啊，他干过很多职务，起先当文书，因为耍无赖，被接二连三地辞退掉。眼下他勉强在手工业行会里当了个公证人兼律师，你不知道，他还是个酒鬼呢！”

范森说：“现在看来，事情的确需要议一议了。”

大家顿时安静下来，想听听他想说些什么。

“先生们，现在要是大家有良心，有头脑，就一定能一举粉碎西班牙的锁链。”范森情绪激昂地挥手发着议论。

“你怎么能这么说呢，咱们可都向国王宣过誓。”泽斯特反驳道。

“你别忘了，国王也向咱们宣过誓啊。”范森回答。

耶特尔觉得这话有道理，便鼓舞他继续说下去。还有几个人也说：“听他说，他说得很有道理。”

范森继续说：“我看了咱们的全部宪章，其中说过当初有不少君主是按照传统的法则、权力和习惯治理咱们尼德兰人的。只要君主按照规矩进行治理，祖先就敬畏他。如果越出这条界限，他们就反对他，并弹劾他。那个时候再小的省份也有自己的议员和地方议员。”

木匠厉声制止道：“闭嘴！这些是家喻户晓的事儿！任何守法的公民，都曾根据自己的需要学习过宪法。”

耶特尔说：“让他继续说下去，咱们也可以多了解一点儿。”泽斯特也赞成。

范森庄重地对大家说：“你们就是这样，好像继承父业一样地听任政府的随意摆布，对任何传统、历史、摄政的权力，你们都漫不经心，浑浑噩噩，西班牙人这才蒙骗了你们。”

“谁有心情关心这些事？只要每天有吃有喝就行了。”泽斯特小声嘀咕着。

耶特尔心里却好像点燃了火把一样明亮起来：“要是有人能早点给我们讲这些道理就好了。”

“现在就让我来讲给你们听。”范森看着大家渴望的眼神，继续演讲，“西班牙国王是因为侥幸才占领了咱们的省份。他根本没有权力在这里，实行完全不同的残暴统治。”

“为什么？我们又该怎么办呢？”人群中一片议论声。

“咱们的祖先对此有解决的办法。当他们觉得自己被欺骗的时候，他们就劫走统治者的儿子或继承人，当作人质扣押起来，直到统治者答应他们的条件。只有知道维护自己权益的人才称得上是顶天立地的男子汉！也正因为他们这么做了，咱们的权利才得到了承认，自由才得到了保障。”

“什么自由？”“咱们自己的自由啊！”人们以前从没听过这些道理，更没有想过拥有自己的自由、权利，范森的一席话开启了人们尘封已久的心门，大家纷纷好奇地要求他详细地解释一下。

范森又把自己看过的内容讲给大家听：“君主对咱们同样有义务，

如同咱们对他有义务一样，不能对咱们滥施权力、为所欲为。”

人群中顿时一片嘈杂：

“好极了！就是不应该对咱们滥用权力！”

“不能为所欲为！不能对咱们为所欲为！”

“把书给我们吧，让我们带着它去找摄政！”

这时烧碱工人则攥着拳头大声喊道：“你们这些大傻瓜，全被他骗了！他要是再继续讲下去，我就把他的牙齿打进他的肚子里！”

众人愤怒地看着他：“看谁敢动他一根毫毛！”接着，继续催促范森讲下去。

范森又给大家讲了一些关于宗教问题的条文：“除非征得了贵族和议员的同意，否则不能随意改善僧侣的地位，扩大他们的名额，也不得任意改变宪章。”

人们本来就对国王新设立十三位主教心怀不满，听到这话更燃爆了胸中的怒火，纷纷发言道：“咱们怎么能容忍这些新主教呢？咱们动手吧，推翻他们！”“咱们难道就让这些宗教法庭一辈子压迫咱们？起来推翻他们！”

这时，人群中传出一个声音：“咱们还有哀格蒙特和奥兰宁！他们会捍卫咱们的权益。”

范森大声说：“你们的法兰德斯兄弟已经干起来了，而且干得很漂亮。”

烧碱工人这时突然冲到范森面前要动手打他。众人连忙挡在范森跟前，大声喝斥道：“难道你是西班牙鬼子的眼线吗？”“你敢打这个众人拥护的有学问的人？”有几个人边说边对他拳打脚踢起来。后边的人也拥上前来，把他围在中间，暴打他。

几个顽童边吹口哨，并向里边掷石块。市民有的站在一边围观，有的则乘机起哄恶搞，广场上顿时乱成一团。

“安静！安静！同胞们！赶快把他们分开！”随着喊声一队人马赶了过来。原来是闻讯前来的哀格蒙特还有随从，他们正努力拨开人群查看究竟。

喧闹的人群一看是哀格蒙特来了，霎时安静下来。

“你们在干什么？为什么不好好干活儿却在这里打架，在工作的时候闲逛？”

木匠回答：“他们是在为自己的权利打架。”

“但你们现在这样干，只会毁掉权利。——你们都做什么？我看你们都是些正派人啊。”哀格蒙特放慢语气，诚恳地说：“请你们尽量保持安静，别再惹怒国王了，毕竟他手里还有权力。一个诚实勤劳的正直市民，在哪里都能找到想要的自由。你们要坚决反对异端邪说，聚众闹事是根本不能巩固权力的。请你们好好待在家中，不要再继续这样了。”

说完，在随从的护卫下走了。人群也逐渐散去。

木匠赞叹道：“多仁慈的先生啊！这个地地道道的尼德兰人，没有半点西班牙人的坏习气。”

“要是他能做咱们的摄政就好了，大伙儿一定都愿意追随他。”耶特尔接着说。

泽斯特叹口气说：“我想国王应该不会答应，因为这个位子上的人一直都是他的亲信。”

三个人失望地摇摇头。是啊，事情怎么可能按他们说的办呢？

哀格蒙特刚回到家，秘书就焦急地跑过来，手里拿着三封信，一封封念给他听。

第一封信是布雷达上尉送来的一份报告，说根特及其附近仍有情况，但大部分乱子已经被平息了。他们逮到六个捣毁圣像的人，请示一下是不是一样要将他们绞死。哀格蒙特一直觉得绞刑太过残酷，便决定将其中四个男暴徒鞭打一顿，两个女暴徒警告一番后放他们走。这封信中还请示了很多其他事情，如连队里有士兵申请结婚，怎样办？如何处置奸污女人的士兵？怎么处理想偷渡出去的外国传教士等等，哀格蒙特一一做了批示。

第二封信是哀格蒙特派出的收税员写来的信，信中说这个星期他恐怕很难把伯爵希望看到的税款如数送到了，乱子已经搞砸了一切。对此他建议扣除那些老兵、寡妇及其他人的津贴以补充税款。哀格蒙特越听越气，这些人都着急用钱，这家伙居然还想在他们身上搜刮。他让秘书赶紧回信让他务必按期把钱送到，不得延误。

第三封信是老伯爵奥利瓦写来的。这位善良、忠厚的长者一直都对哀格蒙特欣赏有加，就像父亲对待儿子一样。他此次写信来就是因为担心哀格蒙特的安危，嘱咐他处事要小心，尤其是在当前混乱的局势下。哀格蒙特看完信感动不已，他能体会到他深沉的慈父般的爱，可他却不能听从他的教诲，因为他不是那样的性格，那也不是他想过的生活。他不想为了苟全性命而迎合宫廷的节奏，他想过轻松自在、无拘无束的日子，那才是他向往的幸福生活。他让秘书模仿他的笔迹给老伯爵回信，他已经厌倦这种警告了，虽然那是善意的。

秘书却认为应该对老伯爵说些安慰的话，哀格蒙特有些不耐烦了，因为他知道秘书也无法理解他对自由的向往。他对秘书说，也像是在对自己说："我们现在应该驾着命运之车疾驰，除了勇敢地抓住马缰，没有别的选择。虽然车忽而向左，忽而向右，还要躲开路上随时可能出现的石块和木桩。"望着一脸迷茫的秘书，他继续振奋地说，"我现在已经站在高处，但我能够也必须攀登更高的地方，我正满怀希望、勇气和力量地迎接挑战。我现在还没有攀上我向往的高峰，一旦我实现了愿望，就会站稳脚跟，毫不胆怯。假如我站立不稳，那一声霹雳，一阵狂风，甚至偶一失足，就会让我掉入万丈深渊，跟千万人一起被埋葬。为了小小的战利品，我尚且愿意用血腥的命运跟豪爽的战友打赌，为了生命的全部自由，我还有什么好吝啬呢？”

秘书被他的一席话彻底弄晕了，哀格蒙特话音落地，他还没有反应过来，只好张着嘴痴痴地站在那里。过了一会儿，他才说：“大人，您知道自己在讲什么吗？！愿上帝保佑您！”

就在这时，哀格蒙特看见奥兰宁从门外走了进来，他吩咐秘书赶紧给使者复信，然后和奥兰宁会面去了。

奥兰宁神色不像平日那样轻松，哀格蒙特把一切都看在眼里，便问他是不是出了什么事。原来，奥兰宁是为女摄政的事忧心忡忡。

“您有没有注意到她很谨慎？证实她原本想赞同咱们对这些混乱所采取的措施；后来她察觉到这样会引起人们对她的误解，就改变主意，老调重弹了，说大家从来没有清楚地看到她对尼德兰人的善意和友情，她的好心没落得好报。无奈之下她只好听任国王的命令，采取新的措施。您听到她这些话了吗？”

哀格蒙特见朋友神色紧张，便笑笑说：“我当时在思考别的事，不过，她到底是个女人，好心的奥兰宁。”接着，他分析道，“但凡女人，都希望所有的男人乖乖臣服在她温情的桎梏下，她的内心深处向往和平。她本来希望在一场席卷整个民族的叛乱中，一场能引起两派劲敌相互攻击的风暴中，她用一句友好的话将这一切都平息下去，使极端敌对的双方都拜倒在她脚前。但她现在根本做不到这点，只好发点脾气，埋怨别人忘恩负义，还用可怕的预见来威吓他们，并扬言准备出走。”

奥兰宁对他的话半信半疑。他担心因为这次局势非常混乱摄政真的会走，那样国王就会另派一个人来做摄政。

哀格蒙特却认为奥兰宁太多虑了，不会再有人到这里来担任摄政，即使来了，也只能是四处碰壁，最后变得狼狈不堪，局面却不会有半点改观。

奥兰宁一直欣赏哀格蒙特的直爽和侠义，但也担心这会毁了他，甚至毁了其他贵族。他进一步提醒哀格蒙特："那如果国王采取另一种策略呢？我们怎么办？"

"什么策略？"

"宽待人民，消灭贵族！"

哀格蒙特听后一惊，随即又自信地反驳："一直都有人为此担心，但这根本不是问题。国王难道还有比咱们更忠心的臣仆？就算国王找我们的麻烦，要那些佩戴金羊皮勋章的骑士开会，我们到时候听候裁决就是了。"

"可万一他不经审问就直接宣判，不经宣判就直接执行呢？"奥兰宁继续追问。

"那他不是太愚蠢了吗？我相信他不会出此下策的。"哀格蒙特自信国王不会那么做。

"要是他们确实那么愚蠢呢？"奥兰宁不依不饶，他希望哀格蒙特能看到问题的严重性和复杂性。

"这怎么可能呢？咱们一旦被捕，就会在全国燃起熊熊烈火。国王一个人根本不可能进行审问和宣判，难道他想谋害咱们吗？——办不到！人们会因此组成一个令人生畏的联盟，向西班牙宣告：憎恨他们，要同他们永远一刀两断！"

奥兰宁知道自己根本没办法说服哀格蒙特，只好把最坏的结果讲出来让他考虑："哀格蒙特，到时候火焰可能就会在我们的坟墓上怒烧，让我们好好想想吧。我听说凶狠残暴的阿尔瓦已经走到半路了，他肯定是来当新摄政的，而且他会带着军队一起来。"

"来了军队，各省的负担会更重，老百姓的困难也会更重的。"

"恐怕他们会首先想要保自己的脑袋。"奥兰宁觉得哀格蒙特把一切都想得太简单了。他敬重他侠义、善良，但也深知这是他的致命弱点。所以他建议：让大家都回去好好壮大自己的实力，趁着初来乍到阿尔瓦还不至于明目张胆地使用暴力的时候。另外，他提醒哀格蒙特，如果阿瓦尔以国王的名义召开会议，一定要找借口推掉。

哀格蒙特对奥兰宁的过分谨慎甚至畏惧有些不悦，如果他们那样做，无疑是在向国王表明他们拥有反叛心，国王不正好可以以此为理由镇压他们吗？“咱们多年辛苦稳定下来的局面，会因此毁于一旦的。如果国家危在旦夕，百姓惨遭屠杀，你却恐惧地站在一旁。你应该为了他们的自由冲锋陷阵，现在却眼睁睁地看着他们倒在你面前！”

“我们并不是普通老百姓，哀格蒙特。我们可以为千万人捐躯，但你应该为了这千万人珍惜自己的生命。谁明白这一点，谁就能进退自如。”奥兰宁深知哀格蒙特有自己的原则，别人无法撼动，但他最后还是恳切地劝道：“我们已经没有立足之地了，万丈深渊就在我们面前。我们不能坐以待毙。我知道你相信自己的眼睛，但这一次请用我的眼睛察看局势吧！我要暂时离开这里，你耐心等待阿尔瓦到来吧，愿上帝保佑你！我走了，如果阿瓦尔认为不能一下将咱们俩全消灭，也许能暂时保全你，你可以利用这段时间研究问题、看清真相，不过，一定要尽快拯救自己啊！再见了！”

哀格蒙特问他：“你打算怎样？”

奥兰宁紧紧抓住他的手：“听我的忠告，跟我一起走吧！”奥兰宁眼里浸满泪水，他知道，自己没有办法拯救这个固执的朋友了。

对于奥兰宁的走，哀格蒙特虽心有不舍，但仍然下定决心留下来，善良的他坚信情况不会那样发展。他有些心烦意乱，不知不觉就走到了他心爱的姑娘克蕾茜家。

克蕾茜是个普通人家的女儿，但她美丽、聪慧、善良。以前哀格蒙特经常骑马从她家门前经过，她总站在窗前眺望，想一睹他的英姿，而哀格蒙特每次都会微笑着冲她点头，跟她打招呼。后来，每天看到他从窗前经过，还有他动人的笑容，成了她每天最大的期盼，她有些魂不守舍了。

终于，一天晚上，他突然出现在她家，她站在昏暗的灯光下，感觉自己像在做梦。

克蕾茜的心很早以前就被哀格蒙特完全俘虏了，他那么高贵、善良、坦诚、和蔼，他从来没有炫耀过自己的地位和英雄事迹，在他身上看不到半点虚伪的痕迹。她敬重她，更疯狂地爱恋他。虽然自小一起长大的小伙子布拉肯堡正热烈地爱着她，愿意为她付出一切，但她却没有半点心动，只想把他当哥哥。

此刻，克蕾茜也正在家中焦急地盼望着心上人。这几天她也听说了法兰德斯的暴乱，还有关于摄政的种种传闻和议论，她很为哀格蒙特担心。

“克蕾茜！”

是他！她回头看见哀格蒙特穿了一件骑士外套，用帽子遮住脸庞，从外面走了进来。她急忙跑过去抱住他，依偎在他怀里：“亲爱的，您总算来了！”

哀格蒙特礼貌地请克蕾茜的母亲为他准备些吃的。此刻屋内只剩下两个相爱的人了。

克蕾茜撒娇地嗔怪道：“您今天怎么这么冷冰冰的，您到现在还没有吻我？干吗把两只胳膊裹在外套里？”

哀格蒙特听话地脱下外套，扔在一边，走过来拥抱克蕾茜。

“噢不，这样会把你这身体面的衣服弄脏的。”克蕾茜向后退了一下，“我都不敢碰您了。”

“你还满意吗？我曾经答应过你，要穿一身西班牙服装来见你。”哀格蒙特怜爱地摩挲着克蕾茜的头，眼中满是爱意。

“我不会再让您那样做了，我知道您并不愿意。——这就是金羊皮勋章吧？是国王亲手给您挂上去的吗？”克蕾茜还是第一次见这枚勋章。

“是的，宝贝，谁戴着这个金链和勋章，谁就拥有人人渴望的自

由。”哀格蒙特把克蕾茜揽在怀里，深情地吻她的眼睛，克蕾茜沉浸在甜蜜和幸福中。她简直不敢相信这是真的，她痴痴地望着哀格蒙特的脸，问：“您真的是哀格蒙特吗？哀格蒙特伯爵？您就是伟大的哀格蒙特，报纸上登满你的信息，各省都仰仗你的哀格蒙特？”

“不，克蕾茜，我不是那样的。”哀格蒙特坐在椅子上，克蕾茜跪在他面前，双臂放在他膝间，出神地望着他。

“那个哀格蒙特是非常令人讨厌的，是僵硬的、冷若冰霜的，他随机应变，一会儿就变一副脸孔。人家以为他快乐、幸福，其实他痛苦、彷徨，他深受老百姓爱戴，但这些老百姓都没有主见；他有很多朋友，但这些朋友他几乎都不信任；他看似忙碌其实没有目标——哦，不要再提那个哀格蒙特了。现在你面前的哀格蒙特，平静、安详、坦率，幸运地被一个美好的心灵热爱，他也愿意用他的全部爱情和信任去接受这份真情，让彼此紧紧相连……”他抱住克蕾茜，把脸埋在她发间，呢喃道，“这才是你的哀格蒙特。”汹涌的爱的波涛已经将克蕾茜全部淹没了，她在心里默默说道：即使此刻死去我也心甘情愿……

正如奥兰宁预言的那样，阿尔瓦确实来了，带着军队和他一贯的残酷无情。他刚一到这儿，就下发了一系列命令：不允许人们议论国事，否则将被判处无期徒刑；如果批评政府的举措，将被判处死刑。而对于那些愿意揭发家人不轨行为的人，则给予重赏。一时间，人们仿佛置身白色恐怖，一张黑网在人们头顶低低地笼罩着，除非卑躬屈膝，否则很容易碰到它。女摄政在阿尔瓦来到后知趣地走了，她当然已经明白国王的用意了。

哀格蒙特在阿尔瓦来后，依然像往常一样生活着，骑马、射击、宴请亲朋好友。其他人则几乎将自己以往的生活方式全部改变了，变得深居简出，处处小心谨慎，生怕触了霉头。

阿尔瓦的私生子斐迪南也随之来到这里。他善良、真诚，一直深受阿尔瓦的器重。他见过哀格蒙特几面，很快就被他的豪爽侠义吸引住了，两人即将成为好朋友。

而阿尔瓦来此地的目的，也正如奥兰宁所料，是想消灭当地的贵族势力，尤其是颇具影响力的哀格蒙特和奥兰宁。没过几天，他便以召集会议为由，让他们二人到他的寓所来，并暗中埋伏好，准备将他们捉拿归案。

当阿尔瓦向斐迪南坦白自己的阴谋时，斐迪南大惊失色。阿尔瓦非常了解他，知道善良的斐迪南一点儿也不想看到政治场上的血腥和残酷。但斐迪南是他的未来接班人，除了督促他养成良好的服从习惯，还要培养他运筹帷幄、发号施令的能力，以便他更好地成长。

为了更好地锻炼斐迪南，阿尔瓦还在这次行动中给他布置了一个重要任务：贵族们一到，就负责把好各个出口，安排好门口和院子里的岗哨，并严密监视奥兰宁这个危险人物。

斐迪南第一次经历这样残酷的斗争，他内心非常矛盾：不想接受，但身不由己，这让他心情异常沉重。不过，最终他还是硬着头皮接受了一切。

正当阿尔瓦觉得万事俱备的时候，信差送来了奥兰宁的一封信，说他不能来了！阿尔瓦顿时变得非常矛盾，他仔细权衡、盘算，到底是干还是不干？以后还有这样的机会吗？……就在这时，他看见哀格蒙特骑着高头大马来了。他深知，哀格蒙特是因为不明就里才冒险来的，这样的机会很难再有一次，所以他决定，一切按原计划进行！

哀格蒙特见到阿尔瓦，非常客气地说：“我是来聆听国王的旨意的，想知道他要我们这些忠实的奴仆干什么。”

阿尔瓦冷笑道：“我想国王更想听听你们的建议啊。”

“关于什么呢？奥兰宁来了吗？”哀格蒙特说着向里望了望。

“非常遗憾，关键时刻他没来。”阿尔瓦胡乱编了一个理由，说道，“国王很想听听您的建议，比方说，怎样安定各邦。国王希望您能诚心地平定骚乱，努力致力于建立各省的稳定秩序。”

哀格蒙特坦诚地说：“目前局势已经完全稳定了下来，要是没有那些令人恐惧和忧虑的士兵在这儿出现，局势会更稳定。”

阿尔瓦听出了哀格蒙特的话外之音，他反驳道：“我并不否认暴乱已经平定了。但谁能保证他们不再造反？到时候又有什么力量镇压他们呢？谁能担保他们今后会一直对国王效忠？他们善良的意愿是留给我们的唯一凭证。”

“老百姓的善良意愿难道不是最可靠、最珍贵的吗？”哀格蒙特简直不敢相信自己所听到的，“请国王宣布实行大赦，这样他很快就能感受到人民对他的信任，会重新获得人们的爱戴和忠诚。”

“难道我们要让所有亵渎国王陛下和宗教神圣的人一直逍遥法外？”阿尔瓦冷笑着反问，“我们应该为了国王的威望而奋斗，在我看来有些事尽管国王不加计较，我们也有责任替他算账。再说，没有一个罪人会因为自己没受到惩罚而高兴。”

“但是，压制他们能解决什么问题呢？这根本就行不通！”哀格蒙特看不下去阿尔瓦那副丑恶的嘴脸了，便提高语调说，“我了解这些民众，他们完全有资格踏进上帝的国度，因为他们坚定、勇敢、忠诚，要赢得他们的信任不容易，但维持这种信任却容易得多。”

“那你能当着国王的面，把这些话重复一遍吗？”阿尔瓦威胁道。

哀格蒙特面无惧色，镇定地说：“如果我说了他不听，事情只会变得更糟，但如果听了，将是对人民和他自己都有好处的事情。”停了一下，他继续说，“我其实很想跟他说：牧羊人驱赶羊群很容易，要耕牛拖犁也没什么。但如果想驾驭一匹骏马，就得好好研究它，不能让它干蠢事，半点都不行。公民之所以要维护古老的宪法，是希望由自己的同胞来治理这个地方，因为他们彼此了解，知道该如何更好地相处，以便得到更大公无私地对待和同情。”

“世界上有什么东西是永恒不变的？古老的宪法都有种种弊端，因为它没有与时俱进，包含现在的情况。我只是担心这种古老的权利之所以深受欢迎，是因为它能够给那些尖刻刁钻的暴民提供藏身的庇护所啊。”阿尔瓦蛮横无理，语锋直指哀格蒙特。

哀格蒙特反唇相讥：“难道对宪法的专横篡改，对最高权力的无限干涉，就是合情合法的？如果国王把他既不了解国家情况，也不了解国家需要的随从和亲信派到这儿来，他们单凭自己的喜好来治理这里，如果他没被反抗，也不知道自己肩负的重任，那又有谁能来拯救我们脱离苦海呢？”

阿尔瓦见哀格蒙特影射自己，便辩解道：“一国之君把大权独揽手中，把任务委托给下人干，而这些人了解他或者说愿意了解他，能够无条件地执行命令，难道不是再好不过的事情了吗？”

“可作为一个公民，希望由和他同生一地、见解相似、思想差不多的人来统治自己，就不好了吗？”

阿尔瓦已经没有耐性继续和哀格蒙特唇枪舌战下去了。他不耐烦地说：“看来你我之间是不可能达成一致见解了。我来这儿的目的，不是要解决拥护谁或反对谁的问题，而是要求老百姓绝对服从的。而你们——人民的领导者兼贵族，要无条件地履行义务！”

哀格蒙特正义凛然地说：“如果想要我们的头，这很容易办到。对一个高贵的人来说，把脖子套在轭上和压低在刽子手刀下是没有什么区别的。我浪费了半天唇舌，却没有达到目的，那请允许我告辞，我已经无话可说了。”说罢，转身就要向外走。

“站住！哀格蒙特！把剑交出来！”阿尔瓦说完，大手一挥，大厅中央的一扇门随即打开了，门外走廊上戒备森严，岗哨林立。

哀格蒙特见状大吃一惊，但很快镇静下来。他鄙夷地看着阿尔瓦，“这就是您的目的？您召我来就是为了这个？”说完紧紧握住腰间的利剑。

阿尔瓦奸笑道："国王有命令，现在你已是我的囚犯了。"这时，大厅两边上来两列武士。

哀格蒙特沉默了一会儿，此时他才明白奥兰宁的担忧是非常正确的。他平静地交出宝剑："拿去吧！它捍卫国王事业的用处远大于保护我的胸膛。"说完，镇定自若地向门外走去。

哀格蒙特被捕的消息很快被传得沸沸扬扬，人们更加惊惶恐惧，而最焦急的人当然是深爱着哀格蒙特的克蕾茜。这个善良柔弱的姑娘差点被这个消息击倒了，但她很快坚强地站了起来——她要去救他，而且必须这样做！她和布拉肯堡一起来到街上，向市民们呼吁，号召大家一起想办法救哀格蒙特。

此时人们正在街上小声议论着这件事。木匠、耶特尔他们都在。

"请问，哀格蒙特情况怎么样了？"克蕾茜走到人们中间大声询问道。

听到有人这么问，人们都转过头来惊恐地看着她。克蕾茜情绪激动："你们都过来我们好好研究一下吧！时间紧迫，容不得咱们再耽误一分钟了！他们就要杀害他了！来吧！让我们分成几个小组，迅速召唤各个市区的市民，拿着武器来广场上汇合。只要我们万众一心，敌人就一定会被我们包围和淹没的，并且会变得失魂落魄、心惊胆战。这样，他就能活着回来。他会感激你们的——这些过去深受他恩戴的人。"

"你没有问题吧，姑娘？"木匠打断克蕾茜的话，不解地问。

克蕾茜这才意识到因为自己太过激动，没有讲清楚事情的前因后果，便解释道："我说的人是伯爵，哀格蒙特伯爵。"

"不要再提这个名字啦！他已经犯了死罪了。"耶特尔说。

克蕾茜直视着他，问他："为什么不再提这个名字？难道有谁没提到过他的名字？哪里没写着他的名字？善良、宽厚的朋友们啊！你们好好想想吧，难道我唤起的只是我自己的愿望，难道我的声音没有代表你们的心声吗？在这恐怖的夜里，又有谁不是忧心忡忡地在上床前真诚地为他祈祷？有谁不愿跟着我一起祷告：‘要么给哀格蒙特自由，要么死亡！’”

“愿上帝与我们同在，不幸的事马上就要发生了。”耶特尔小声嘀咕着，转身就想和身边的几个人走开。

克蕾茜看见后冲他们大喊：“站住！为什么一听他的名字就要逃跑呢？你们以前不是都兴高采烈地蜂拥上前吗？以前当你们听到他要来的消息时，住在他经过的街道上的人都觉得自己无比幸福；甚至听到他的马蹄声，都会丢掉手中的工作，企盼地张望着，喜悦和希望之光像太阳一样，从他眼中折射到你们忧郁的脸上。现在，你们是怎么了？”

泽斯特让布拉肯堡赶紧把克蕾茜带走，否则很快就要大祸临头。布拉肯堡过去劝说克蕾茜，她却提高声音说：“你们觉得我只是一个孩子或者发疯了吗？我很正常。你们应该继续听我说下去，因为我看得出，你们已经听得发愣了。想想吧，如果他死了，你们还能像现在这样生活吗？自由的空气将和他一同消失。过去保护你们大家的那个伟大的灵魂，现在正被禁锢在牢房里，暗算和谋害随时可能将这个伟大的灵魂刺伤。他也许正寄希望于你们呢。”

人们都承认克蕾茜的话说到了自己心坎上，对她的勇气也十分钦佩，可谁愿意惹火烧身？围观的人群越来越少，克蕾茜的心满是凄凉……

回到家里，克蕾茜心神难安，不知道怎样才能解救自己的心上人。她真恨自己啊，不能号召众人去救他。她又让布拉肯堡到外边去打探情况。布拉肯堡不忍她难过，便出了门。

过了一会儿，布拉肯堡就回来了，并且带来一个噩耗：第二天哀格蒙特将被处死。克蕾茜一下子瘫在床上，痛苦和绝望占满她的心：“哀格蒙特死了，我为什么还要继续活下去？我要和他一起死。”她从床下拿出一个装满毒药的小瓶，布拉肯堡一看大吃一惊，那是他因为无法得到她的爱而准备的自杀的毒药，现在怎么会在克蕾茜手里？

“克蕾茜，你不能这样！”他大声喊道。

克蕾茜叹口气，镇定地说：“我主意已定，你不要再阻拦我了！现在我可以握住你的手，告诉你我曾经爱过你，因为我哥哥英年早逝，所以我让你代替他。我知道这和你的愿望并不相符，但你热烈的追求是不会有结果的。现在请允许我叫你一声哥哥吧！”说完，深情地吻了布拉肯堡一下。“请你帮我照顾我的母亲，没有你她会在贫困中老去的。”

克蕾茜走到窗边，此时窗外一片漆黑，她并不期望天明，因为她爱的人会和太阳一起升上天空。她想起自己以前痴痴等待爱人出现的情景，还有哀格蒙特的笑容，他们紧紧依偎的甜蜜，还有什么值得自己抱怨呢？她悄悄服下那瓶毒药，她要去天国等待自己的爱人……

此时哀格蒙特的牢门被打开了，原来是斐迪南和阿尔瓦的手下希尔瓦来了。

希尔瓦来这儿的目的是要对他宣读判决书。而斐迪南则是听从父亲的命令前来感受政治斗争的残酷的。

哀格蒙特用眼瞥了一下全副武装的士兵，鄙夷地说：“在黑夜的包围下策划还要在黑夜的包围下执行，只有这样，才能掩饰那些卑鄙的勾当！”

“现在我宣判：根据前段时间的严密依法调查，哀格蒙特伯爵确实犯有叛国罪行。现判决如下：明天早晨，将押至市场，当众斩首，以给所有企图叛乱的人警戒……”希尔瓦宣读完后，奸笑道：“你现在已经知道后果了，你的时间不多了，料理一下后事吧。”说完与随从走了出去。

哀格蒙特沉默地站在那里，陷入了沉思中。当他抬起头，发现斐迪南居然还站在那里。

“你为什么没走？难道是想看到我畏惧、恐慌的样子，以便带回去让你父亲高兴？你可以回去了，告诉他，他这样卑鄙的手段是骗不了我的，更骗不了众人，因为群众的眼光是雪亮的。他这样做，是迟早会受到世人唾弃的。他亲手制造了一场祸乱，我不幸掉入陷阱，成了他卑鄙行为的牺牲品。我当然知道他早就想把我除掉而后快，但别忘了，用卑劣的手段建立起来的胜利纪念碑是经不住时间考验的，迟早会被群众推倒。而你，一个甘心臣服于父亲淫威下的孩子，将来很难说不做出同样卑劣的行为和无耻的勾当。尽管你从前对此深为不齿，但以后你可能就准备心甘情愿地臣服于它了。”

斐迪南心怀愧疚地说：“你的每一句责备都在敲打我的心，我现在感觉到了撕心裂肺般的疼痛。父亲派我来，难道就是想让我体验这样的痛苦！”沉默片刻后，他坦诚地望着哀格蒙特，“我可以向你发誓，我也是直到最后一秒钟才知道了我父亲的真实意图。我很惭愧做了他卑劣行为的棋子，成了他杀人的工具。我请求你的宽恕和谅解，但现在我更为你悲伤。”

哀格蒙特疑惑不解：“你为什么为一个异国人悲伤？”

“不是异国人！我对你一点儿都不陌生。在我小时候你的名字就是天上的星星，指引着我前进。我经常听到你的名字，你是我孩提时代全部的希望，是我少年时代绝对的偶像和榜样……后来我终于如愿以偿地见到你了，我的心欢呼地飞向你，希望能跟你在一起待很久很久，更进一步地了解你，甚至和你一起生活——可现在这些都成了镜中花水中月，我最后竟然是在这黑暗的监牢里见到了你！”

哀格蒙特所有的敌意烟消云散，他甚至有些可怜他。他们开始心平气和地交谈。从斐迪南口中，哀格蒙特知道阿尔瓦确实要对自己下毒手了，一切已到了无可挽回的地步。知道这一切后，哀格蒙特反而变得更加平静了。他拜托斐迪南帮自己办一件事，这是他最后的愿望：“我把我心爱的姑娘托付给你，你这么高尚，女人找到你也就找到一生的依靠了。”之后，哀格蒙特感觉轻松了许多，他把斐迪南推向门口，说：“永别了，我的朋友！”

“让我再留一会儿吧！”斐迪南恳求着。

“送君千里终有一别啊！”哀格蒙特陪着斐迪南走到门口，便转身走掉了。斐迪南回头惆怅地看了一眼，也失魂落魄地走了。

哀格蒙特此时的轻松是因为仇人的儿子来向他表示敬重和惋惜了，因此他的忧虑、恐惧、痛苦和所有的不安都一扫而光了，他渐渐进入了甜美的梦乡……床后的墙壁轰然裂开，一个酷似克蕾茜的自由女神身穿白色羽衣，在耀眼的光环中徐徐现身。她怜爱地望着沉睡中的哀格蒙特，之后，送给他一束箭、一根手杖和一顶元帅帽。她引导他振作，暗示他即将得到永恒的自由，因为他才是胜利者。随后，把桂冠戴在他头上……

这时，哀格蒙特醒了过来。自由女神不见了，房内只有窗口透进来的一缕晨光。原来是一场梦。

这时，牢房外出现了一队手执斧钺的西班牙士兵。

哀格蒙特对他们说：“来吧，我早已经习惯了刀光剑影，即使现在危机四伏，我勇敢的生命也只能感到前所未有的轻松。”

随着一阵沉闷的鼓声响起，哀格蒙特整理了一下衣服，便脚步坚定地迈出了牢房。

作者小传

歌德（1749—1832），德国诗人、剧作家和思想家，德国古典文学和民族文学的主要代表。歌德出生于莱茵河畔的法兰克福，祖父原先是个裁缝，后来开了一家饭馆，到了歌德父亲长大时，家道渐兴，父亲上了大学，成了法学博士。母亲是法兰克福市长的女儿，家庭环境相当优裕。歌德四岁那年祖母送给他一套木偶戏玩具作圣诞节礼物，为他打开了一个有趣的童话世界。后来法军进驻法兰克福，住在他家的法国军官又给他机会观看了若干法国戏剧。随后，他又通过一个女演员的儿子，获得机会进入后台看戏。这些都激起了他写作戏剧的强烈欲望。歌德六岁开始学法语、拉丁语等，很早便开始喜欢写作，进入大学以后，他开始写抒情诗和剧本。1770年，他前往斯特拉斯堡学习，结识了文艺理论家赫尔德，帮他从“老太婆嘴里”搜集民歌。1772年9月至1775年，是他一生创作的丰收时期，先后写出《克拉维戈》、《丝苔拉》、《浮士德初稿》等，著名的《少年维特的烦恼》也是在这一时期发表的。随后，他去魏玛公国工作十年，后又前往意大利旅游，《哀格蒙特》就是在这期间写成的。《浮士德》是歌德的代表作，他以六十年左右的时间完成此剧，直到去世前一年才完成。可见，歌德从童年时代开始一直到垂暮之年，毕生从事戏剧的创作。1832年3月22日，歌德逝世于魏玛。

第七篇　凡尼亚舅舅

作品评价

故事讲述了主人翁凡尼亚与外甥女索尼娅一起鞠躬尽瘁地经营已逝的姐姐留下的农庄，所挣的钱全部用来支持姐夫谢列勃里雅科夫的城市生活费用，并将自己一生的希冀和理想寄望在姐夫身上。姐夫退休后，携新任年轻太太叶列娜重返农庄，农村医生阿斯特罗夫、凡尼亚、索尼娅和叶列娜之间无奈的情感纠缠，改变了农庄平静的生活。凡尼亚在生活中逐渐发现姐夫只不过是个欺世盗名的庸碌之辈，他的生命意义仿佛幻灭了。最后，忘恩负义的谢列勃里雅科夫更贪婪地提出卖掉农庄，粉碎了忠诚的凡尼亚对他多年的尊崇和期待。气愤至极的凡尼亚最终拿起了手枪，对准了可恶的谢列勃里雅科夫。剧本故事取材于日常生活，情节质朴，进展平稳，富有深刻的象征意义。

故事发生在19世纪末的俄国，一个非常古老的庄园里。一个异常闷热的下午，乌云滚滚，像是一口大黑锅一样压在人们头顶。人们像是被放在密闭空间里的鱼，想要大口地呼吸新鲜空气却不能如愿。

现在已经快下午三点了，睡醒午觉的凡尼亚却仍然不想起床，整个人蔫蔫的，没有一点儿精神。而心情，也像这鬼天气一样，愁云惨淡万里凝，阴郁得没有一丝阳光。

凡尼亚今年四十七岁，在这个古老庄园里已经生活了二十五年。和他一起生活的就是母亲玛丽雅和外甥女索尼娅两个人。这座庄园是当年父亲买给姐姐陪嫁用的，不幸的是身为政府重要官员的父亲很早就去世了，而姐姐更是英年早逝。这样一来，庄园就归在城里大学担任教授的姐夫谢列勃里雅科夫所有了。而凡尼亚则成了御用管家，在二十五年的时间里，一直悉心打理着庄园的一切。

可谢列勃里雅科夫的到来却打破了庄园原有的平静而规律的生活。在凡尼亚看来，谢列勃里雅科夫是个非常走运的人。他原本只是乡下教堂里一个不起眼的看管圣衣人的儿子，在神学校上学，但后来却一路飙升登上了城里大学的讲台，当上了“教授大人”，还在期间获得了种种荣誉和头衔。更幸运的事在后面，他娶了凡尼亚的姐姐，成了政府要员的乘龙快婿，又在老婆去世后，获得了一个大庄园。这些已经点燃了凡尼亚心中妒忌的火焰，更令凡尼亚羡慕妒忌的是，谢列勃里雅科夫这只“有学问的猴子”，非常有女人缘。他的前妻，也就是凡尼亚的姐姐，她温柔、纯洁、出类拔萃，温婉得好像这碧蓝的天空，让人心生向往。曾向她求婚的人，甚至比他一辈子的学生都要多。但她偏偏爱上了谢列勃里雅科夫，把自己纯洁、美好的爱恋给了他。凡尼亚的妈妈，他的岳母，尽管女儿去世了很久，但依然宠爱这个女婿，甚至对他有一种供奉神龛似的畏惧。在凡尼亚的姐姐去世后，谢列勃里雅科夫又带来了他的第二个妻子——叶列娜·安德烈耶夫娜。她非常美丽、非常年轻，今年只有二十七岁，一点儿都不在乎她和谢列勃里雅科夫之间年龄的差距，这还不算，她还为了他牺牲了自己的青春和容颜，放弃了自由。对此凡尼亚一直想不明白，这究竟是为什么呢？为什么这些女人都如此青睐谢列勃里雅科夫，如此心甘情愿地臣服呢？

在二十五年的时间里，凡尼亚就像一只勤劳的蜜蜂，不知疲倦地辛勤劳作着，从没有说过一句怨言，一直在虔诚、本分地做事。可最近一年来，他好像突然悟透了什么似的，变得甚至连他母亲都不认识他了。他从前很有主张、很清醒，这也是他一直以来引以为傲的事儿。可他现在却觉得清醒不是一件好事，而且对谁都没有好处。直到去年为止，他一直在用整套经院哲学来蒙住自己的眼睛，故意不去看生活。他一直觉得自己做得很好，可现在，他觉得自己以前的行为非常愚蠢，否则，自己一直向往的事早就实现了。凡尼亚固执地以为自己浪费了自己的一生，这种想法像是一块大石头一样，沉沉地压迫着他的心脏，让他日夜难安。

而凡尼亚那位教授姐夫，更是让他一想起来就心里发堵。以前，他是他们家的骄傲，凡尼亚更是深深崇拜他，他在凡尼亚心中就是一座巍峨的高山，完美、挺拔。可现在他却烦透了这个人。因为自从谢列勃里雅科夫带着新夫人来到庄园后，庄园的正常生活就被完全打破了。

早饭要到中午才吃，因为教授的早晨是从晌午开始的；午饭则要到晚上七点才开始。更让人受不了的是，有时已是午夜时分了，他却突然把大家都惊醒了，原因就是他要喝茶。仆人睡眼惺忪地起来生好茶炉，可茶炉在桌子上摆好了，教授却又要大晚上的出去散步，好像没这回事一样……这样的日子还能过吗？但可恶的是教授好像根本没觉得这有什么，一副要住到世界末日一样的架势。

这时，凡尼亚听到窗外花园里传来了一阵说话声，仔细一听是一男一女在聊天。女人是老奶妈玛里娜，男的是谁呢？凡尼亚更仔细地听了一下，原来是阿斯特罗夫·米哈伊尔·里沃维奇医生，他就住在附近的一座庄园里。

“先生，喝点茶吧！”

“不了，谢谢。”

“那给您来点酒如何？我知道您一直喜欢这个的。”

“不用了，天气太闷了，而且我也不是天天都喝酒的。”

玛里娜这时像个老祖母似的絮叨开了：“不喝也没关系。不过说句您不爱听的话啊，您最近开始老了很多啊，没有从前那么英俊了。这可都是酒惹的祸啊！”

阿斯特罗夫似乎很感动，也连声说：“是啊，我们都认识十多年了，时间过得真快啊！一想那时候索尼娅的妈妈维拉·彼特罗夫那还在世哪。这十年的时间里我好像变了一个人一样，连我自己都觉得自己越来越古怪了。我每天从早忙到晚，到处给人看病，一刻不得清闲。但除了看病，我的生活基本就没有任何有趣的事儿了。我现在都麻木了，什么都不想要，对什么也提不起兴趣，更别说感情了……现在唯一能让我提起兴趣的人也就是你了。我小的时候有一个跟你很像的奶妈。”

玛里娜听后变得更加温和："您难道不想吃点什么吗？"

"不了。"阿斯特罗夫继续着自己的话题，"一个病人在半个月前死在了我怀里，我感到万分愧疚，好像一切是我造成的。我闭着眼睛，就好像现在这样，我当时在想，几百年后的人们走的是我们开辟出的道路，可是他们会感激我们吗？不会，这是肯定的！是不是这样啊，老妈妈？"

玛里娜安慰他说："虽然后人记不住我们，但上帝会的。"

听着他们的谈话，凡尼亚已经完全清醒了过来。但他不知道该怎么打发时间，于是就从屋里走了出来。

玛里娜和阿斯特罗夫正坐在花园中那棵大白杨树下，桌子上摆着茶具。阿斯特罗夫看到凡尼亚，便问他睡得好不好。

"唉，自从教授和他太太住到我们这儿后，我的作息时间就彻底被打乱了，吃饭的时候还总是吃一些带辣味儿的汁儿和葡萄酒，要知道这对健康可是一点儿好处都没有的。从前，索尼娅和我无时无刻不在工作，想得到一点儿空闲的时间都很难，可现在，她依然在每天忙碌，而我却除了吃喝就是睡，这还是人过的日子吗？"

玛里娜也随之抱怨起来，她已经在庄园工作了二十多年，生活已经形成了很好的规律。可自从教授来了后，这里的一切都变了样，生活之随意让她感觉非常不习惯。

就在这时，传来了一阵嘈杂声，原来是教授他们回来了。

凡尼亚斜眼看去，教授走在最前面。一眼看上去他就是那种养尊处优的人，细皮嫩肉，一副完全没有经历过风吹雨打的样子。尽管这样，他每天还是不是喊这儿痛，就是喊那儿痒，一会儿说自己有痛风病，一会儿又患上了风湿性关节炎，总之就是浑身不舒服。但现在好像心情很好的样子，还一边走一边大声赞叹风景优美，看上去神采奕奕。

等一行人走近了，谢列勃里雅科夫根本无视大家的存在，而是直接吩咐道："我的朋友们，麻烦把茶送到我的书房，我还有很多工作要做呢。”说完，就进了屋子。

凡尼亚语气酸涩地说：“这么闷热的天气里，我们亲爱的大师居然还穿着大衣和胶皮套靴，甚至连手套和雨伞都不放手。”

阿斯特罗夫说：“他是相当珍爱自己啊。”

凡尼亚并不想继续说下去，而是转移了话题：“多么美丽呀！我这辈子还没有见过这么美的女人。”他想得出了神，就自言自语道：“那双眼睛就像夜空的星星……多可爱的女人啊！”

阿斯特罗夫没有理会他的话，而是提议让他讲点新鲜事。凡尼亚没有半点反应，直到阿斯特罗夫命题似的让他谈谈教授，凡尼亚才打开了话匣子。

“这个有学问的老猴子，现在正住在他前妻的庄园里。而且住得很无奈，因为据说在城里他没办法忘记这庄园，没法安心生活。尽管他感觉非常幸福，嘴里却满是抱怨。”

说到这儿，凡尼亚的情绪波动起来。“他这一辈子简直太走运了！他教艺术教了二十多年，一直在搞艺术研究，但是你要问他艺术是什么，他却不能给你满意的答复，因为他一点儿都不懂。他之所以能混得下去是因为他一直在拾人牙慧，然后貌似很了解地大放厥词，发表一些关于现实主义、自然主义和类似其他的谬论。这么多年他所传授给别人的，都是那些读过书的人早已经烂熟于胸的知识，而没知识的人却对此一点儿兴趣也没有。这也就是说，他整整讲了二十多年的废话。尽管如此，你看到他有多自以为是了吧！简直装腔作势到了极致！他这一退休，甚至连鬼都不知道他的名字了！这是一个绝对的名不见经传的无名之辈啊！但他就是这样在一个本不该自己坐的位置上待了二十五年，这世界还有天理吗？真是太不公平了……”

阿斯特罗夫听了凡尼亚的话非常惊讶，他感慨道：“你这好像……好像是在嫉妒啊。”

“确实是这样，我确实是在嫉妒！”凡尼亚愤愤地说，“你看他多有女人缘啊。就算唐璜也不敢在他面前说自己在捕获女人芳心这方面比他强。”'

阿斯特罗夫惊讶地问：“难道他现在这个妻子对他也非常忠实？”

“很不幸，事实被你言中了。”

这时，索尼娅和叶列娜走了出来。叶列娜端着一杯茶，坐在秋千上悠闲地细细品着。阿斯特罗夫一直注视着这个光芒四射的女人，之后便开口说道：“我是来给你丈夫看病的，因为你写信告诉我说他犯了严重的风湿症和别的什么病，可我看他健康得很啊！”

叶列娜抱歉地说：“他昨晚确实很不舒服，说两条腿疼，今天又好了。”

“我可骑着马飞奔了三十里路啊！不过也没什么，这已经不是第一次了。但我既然来了，就只能在你们这儿住到明天了，因为我需要好好补充睡眠。”

索尼娅听后高兴地拍手：“好主意！你难得在我家过夜，那就先在这儿吃晚饭吧！”

但一会儿一个长工过来说有人从工厂来要请大夫过去看病。阿斯特罗夫阴沉着脸，只好拿上帽子赶过去。

索尼娅也失望地说：“这真是太扫兴了！要不你晚上赶过来吃晚饭吧！”

阿斯特罗夫连忙道谢：“不啦，谢谢，估计到时候太晚了，我就不来打扰了！”然后，他对叶列娜说：“如果你肯赏脸和索尼娅光顾我那里，我会非常欢迎的。我的庄园尽管只有三十亩左右，看起来很普通，但让人惊喜的是，我那儿的模范花园和苗圃，是方圆几百里内不常见到的。那些皇家森林就紧挨着我的庄园，那儿的护林官年纪大了，身体不好，实际上是我在管理那片森林。”

阿斯特罗夫谈起森林变得高兴了很多。叶列娜没有接他的话，凡尼亚却接口道："阿斯特罗夫医生每年都要种很多树木，为此他还得到过一个铜质奖章和一张奖状。这是非常有益的事儿，因为森林能扮靓土地，提升美感，陶冶情操，还能减轻气候灾害……"

在发表了一通有关森林事业的高论后，阿斯特罗夫终于决定走了。索尼娅挽住他的胳膊送他，依依不舍地问："你什么时候能再来啊？"

"这个不好说……"边说着，边走了出去。

此时院子里只剩下凡尼亚和叶列娜两个人，他们都感到有一丝不自然。叶列娜便率先打破了沉默。

"今天早晨吃早饭的时候，你又和亚历山大起了争执，你气量怎么这么小啊。"

凡尼亚辩解道："可我恨他啊，这是我无能为力的事。"

"你有什么理由恨他呢？"叶列娜不客气地回敬道，"他和我们一样，再怎么说也不比你坏。"

凡尼亚听到这有些不高兴了，他反击道："你怎么也不瞧瞧你现在的模样和举止，你难道不知道自己有多懒散和无精打采吗？"

叶列娜无奈地叹气道："我确实无精打采，确实很烦闷。所有人都在攻击我丈夫，不理解我为什么妙龄年华要嫁一个老头子。可我不明白大家为什么要这么想，一个并不属于你们的女人，你们为什么不冷静对待她所做的决定呢？难道你们不知道你们这样是在破坏吗？就好像对鸟、对森林那样没有怜悯心。"

凡尼亚目不转睛地看着她，即使她话里带刺，他也觉得没什么，反而更激发了对她的感情。

叶列娜继续说："那个医生看起来很紧张，很疲惫，不过并不让人讨厌。看样子索尼娅非常喜欢他，我想她爱上他了，要知道我很了解她的。"

这时，她感觉到了凡尼亚异样的眼神，便扭头对他说：“不要这样看我，我并不喜欢。”

凡尼亚心里涌起一股勇气，眼神变得更加灼热，并且勇敢地表白：“如果我不爱你，能这么看你吗？你知道吗？你是我的幸福、生命和整个青春！但我知道，我并不能幸运地得到回报，甚至连那样想都是妄想。但我依然贪心地希望你允许我继续这样注视你，允许我听到你的声音……”

叶列娜被凡尼亚的表白吓住了，她急忙制止他：“拜托小点声好不好？会让人听见的！”说着转身就要往屋里走。

凡尼亚紧跟在她后面：“别赶我走，请允许我继续表白下去，这样我感觉很幸福。”

“真受不了！”叶列娜加快脚步，像躲瘟疫一样慌忙跑了……

已是午夜，叶列娜正靠在椅子上迷迷糊糊地打着盹。凡尼亚的话让她的心起了波澜，可她更希望对她表白的是另外一个人。这时，她听到谢列勃里雅科夫开始呻吟。她睁开眼，看到搭在他腿上的毯子滑了下来，就走过去给他搭好。

“我梦见我的左腿掉了，之后便感到钻心般的疼痛，我是被疼醒的。我想应该不是痛风病，恐怕是风湿性关节炎。”谢列勃里雅科夫可怜兮兮地说。

“你是太累了，你已经连续两夜没睡好觉了。”

“听说屠格涅夫得了痛风病，后来演变成心绞痛。我真担心我也变成那样啊！人上了年纪就是讨厌啊！连我自己都讨厌自己，就别说别人了。所以你们有多讨厌我，我想象得到。”

叶列娜有些不快：“你这么说，好像是我们让你上了年纪，好像一切都是我们的错。”

“讨厌我的人，第一个就是你！”谢列勃里雅科夫听出她语气里的不快，“当然，你讨厌我也有道理。你年轻、漂亮，身体好，需要的是有波澜有起伏的生活。可我这个垂垂老矣的人，根本给不了你那样的生活……但不要怕，我很快就会让你们如愿的，我活不了太久了。”

“我再也受不了了……看在上帝的份上，不要再说下去了。”叶列娜站起身，坐到了远处的椅子上。

谢列勃里雅科夫却还在唠叨：“看你们已经开始厌烦了，都在心里埋怨我，埋怨我糟蹋了你们宝贵的青春，而只有我在享受幸福和快乐！你们就是这么想的，是不是？”

叶列娜抬高声调说：“闭嘴，我简直快崩溃了！”

“我已经让你们都讨厌透顶了！”

叶列娜眼含着泪，颇无奈地说：“你究竟想怎么样？你又想让我怎么样啊？”自从回到这个庄园后，叶列娜经常被气哭。每次只要他们一发生口角，他就会说到他的年老，好像她年轻就有罪似的。可她也有委屈和烦闷啊，她又能向谁说呢？

但谢列勃里雅科夫好像还没说痛快，依然不依不饶：“凡尼亚或是他妈妈说话你们就没有一点儿不耐烦，但只要我一开口，你们就马上不高兴了。你们甚至讨厌我的声音。好吧，就算我讨厌、我自私，难道我岁数大了，就没有一点儿表现的权利吗？难道我不配吗？”

叶列娜冷漠地说：“难道有人要剥夺你这样的权利吗？”

谢列勃里雅科夫却仍不罢休：“我把毕生精力都贡献给了科学事业，但谁承想我现在居然落得这样一个下场。我看见的都是些愚蠢的人，听见的都是些琐碎无聊的话……我渴望的生活，热烈期盼的成功、鲜花和掌声，看不到丝毫踪迹，我被生活搁浅在了这里。”

叶列娜忍无可忍，她打断他道：“请你耐心一点儿吧，要知道再过五六年我也会老的。”

就在谢列勃里雅科夫刚要说什么的时候，索尼娅进来了。

“爸爸，你让阿斯特罗夫医生大老远赶过来，却又不肯见人家，你

难道不知道这样很不礼貌吗？为什么要这么折腾人呢？”

谢列勃里雅科夫对女儿的批评一点儿也不接受，还语带嘲讽地说：“我为什么要见那个没能耐的人呢？要知道他的医学水平就和我的天文学水平差不多。”接着，又命令索尼娅为他干这干那。

过了一会儿，凡尼亚手执蜡烛进来了。他劝她们两个去睡觉，由他留下来陪教授，因为她们折腾了两夜了。可谢列勃里雅科夫对此表示坚决反对，理由是受不了他的“长篇大论”。

最后，还是老奶妈玛里娜出来解了围，像哄小孩似的哄着谢列勃里雅科夫去睡觉了。

叶列娜一身疲惫，脚步迟缓地走向椅子，说：“累死我了，简直快支撑不住了。”

凡尼亚把椅子推给她，好让她坐下，说：“你是因为他才痛苦，而我呢？是自己找的，我已经连续三天没睡觉了。”

叶列娜眼带幽怨，说：“现在这个家一片混乱，彼此之间满是罅隙。你母亲除了教授和她的小册子，对谁都不想也不愿容忍；教授呢，性情不好，对我不信任，还怕你；索尼娅呢，讨厌她父亲也讨厌我；你呢，恨我丈夫，也看不起你母亲；而我呢，已经被气得七窍生烟，要知道我从早晨到现在已经哭了二十来次了……”她诚恳地对凡尼亚说，“你是个聪明人，早就应该劝说大家要和睦相处，而不是这样互相抱怨着生活。”

凡尼亚走过去，拉住她的手：“但你应该先劝劝我，让我跟我自己和睦起来，亲爱的……”说完在她手上吻了一下。

叶列娜触电般抽回自己的手：“放开我，走开！”说着转身要走。

凡尼亚拦住她：“我煎熬死了，一想到我们在同一个庄园里，你就在我身边，却过着被人糟蹋的生活，我的心就无比压抑。你还在等什么呢？到底是什么把你捆绑住了？”

“凡尼亚，你应该清醒一下！”叶列娜极力挣脱他，可凡尼亚就是不放手，他依然热烈地吻着她：“我的亲爱的……我的爱！”

叶列娜用尽全力挣脱他，不耐烦地说：“放开，这太恶心了！”随即转身跑了出去。

凡尼亚呆呆地愣在原地，看着她的身影消失在门外的夜幕中……

十年前，凡尼亚第一次遇见叶列娜，就是在姐姐家。那时，他三十七岁，她比他小二十岁。那时自己为什么不向她求婚呢？假如那样做了，那她现在就是自己的老婆了。想到这儿，凡尼亚笑了。如果美梦成真，那像今天这样的雷雨天，当她被雷声吓到，在他怀里缩成一团的时候，他就可以紧紧地搂住她，悄声安慰她：“不要怕，我在这儿。”

这画面是多么温馨啊！然而，她现在是那个老猴子的妻子，他们之间再无可能。一想到这些，他的心就开始刀绞般疼。

这时，醉意朦胧的阿斯特罗夫晃悠着进来了，他见凡尼亚愣愣地站着，就问：“怎么就你一个人？我刚才好像听见叶列娜的声音了。”

“她刚走了。”

“真的是国色天香啊！”阿斯特罗夫说，他喝了酒比平时说话随便多了。

两个人之后又拿出食品柜里剩余的酒喝了起来。他们用酒精麻醉着自己的神经，好缓解一下压抑的心情。

两人正喝着的时候，索尼娅进来了，看到喝得醉醺醺的两个人，就开始埋怨舅舅：“你怎么又和医生喝酒了？”

阿斯特罗夫见到她，马上变得郑重起来：“对不起，我去打下领带。”说罢便晃晃悠悠地走了。

索尼娅继续对舅舅说：“干草已经收割完了，但因为连续阴雨已经全烂了。可你居然还在这儿悠哉地喝酒，这片产业你决定不管了吗？我什么都要干，已经快支撑不了了……”

自从母亲去世后，索尼娅就和外婆、舅舅在这个庄园里生活。以前她和舅舅日出而作，日落而息，辛苦地打理着庄园里的一切。可后来舅舅变得颓废沮丧、情绪低落，不再关心任何事。她看在眼里，疼在心里，但不知道怎样才能让他从痛苦中摆脱……

凡尼亚借口难受，就走了出去。

索尼娅愣了一会儿，就去敲阿斯特罗夫的门："还没睡吧，只耽误你一分钟。"

阿斯特罗夫打着领带，庄重地打开门。"有什么要我帮忙的吗？"说着把索尼娅让进门。

"如果你对酒有好感就请你自己喝好了，但不要再让我舅舅喝了，这对他身体很不好。"

阿斯特罗夫爽快地答应了，之后便说："我马上就要走了，车套好的时候，天也亮了。"

索尼娅一听赶紧挽留："可是现在还下雨呢，还是等天亮再说吧。"阿斯特罗夫拒绝了她的挽留。然后，他真诚地对索尼娅说："说实话，在你们家我连一个月都待不了，这里的空气太诡异了……你的父亲惦记的只有他的痛风病和书；你的舅舅神情压抑；你外婆还有后母……"

"你对她有什么可评论的？"索尼娅很想知道他对叶列娜的看法。

"一个人，只有外表美和内在美综合在一起才称得上是真正的完美。我并不否认她的国色天香，但她只知道吃、睡、散步，只懂得用外表的美来迷惑人。她并没有意识到自己的责任，只知道让别人为她服务……不是这样吗？这样慵懒闲散是没有任何高贵可言的。"

他停了一下，继续说："其实，我也不能忍受现在的生活，它没有一点儿出彩的地方。我整天只知道忙碌地在这一带奔波，命运却仍然不放过我，依然在不停地鞭挞我。很多时候我觉得我已经被折磨得快疯了，我对生活和人生不抱任何希望了，对人也不再留恋了。"

"真的吗？对谁也不留恋了吗？"索尼娅追问道。

“是的。除了你的老奶妈，因为她唤起了我尘封已久的记忆……”说着，阿斯特罗夫又拿起酒瓶仰头喝起来。

索尼娅抢过酒瓶：“我求求你，不要再继续喝了。”

“为什么不喝呢？”

“因为这不适合你！你那么温文尔雅，声音是那么柔和……我甚至觉得你是我所认识的人里面最帅气的一个。你为什么要把自己弄得和那些酗酒、打牌的人一样呢？为什么要自我毁灭呢？我恳求你再也不要这样做，好不好？”

望着索尼娅坦诚的目光，阿斯特罗夫伸出手：“我保证不再喝了。”

“要言而有信啊。”

“一言为定！”

“谢谢！”索尼娅用力握住他的手，她为他能听自己的话而万分高兴。沉默了片刻，她试探地问：“嗯……如果我有一个女朋友或者一个妹妹，同时如果你知道她……比如说，她爱你，你会怎么办？”

阿斯特罗夫耸耸肩，说：“我……我真的不知道该怎么办，我只能告诉她我不能爱她……而我，也真的没有时间和心思考虑这些。”他看看窗外，对索尼娅说，“噢，我真的该走了，亲爱的小姐，再见吧！继续聊下去，天就要亮了。”

阿斯特罗夫走后，索尼娅继续站在原地，思绪久久不能平静。她仔细回味着刚才的场景，仿佛此刻他还站在她身边。她真恨自己为什么不长得美一点儿呢？她仍然记得上个星期天从教堂回来时无意中听到的别人对她的评价：“多可惜啊，她那么善良，品德那么高尚，可长得那么丑……”当时她难过得几乎想自杀，但现在已经平复了情绪，品德高尚不是与他更接近吗？

这时，叶列娜走了进来。两个人都感到了空气中的压抑和沉闷，这种压抑和沉闷不是因为窗户没打开，而是因为她们内心深处有隔阂。叶列娜其实满喜欢朴实、善良的索尼娅，尽管她感觉得到索尼娅的戒备和猜忌。她可能觉得自己嫁给她父亲是因为名利，而不是出于感情。可当初她真的以为自己是因为心存爱意才不顾一切地嫁给她父亲的。后来才意识到，自己是被老猴子的荣誉和名望迷惑住了，错把迷惑当成了爱情，仔细想想，那只不过是一时冲动。但这种痛苦谁又能明白呢？

还是叶列娜率先打破了尴尬："你打算什么时候终结你对我的冷漠？我们之间没有什么解不开的结吧？为什么要一直仇人一样的相处呢？你难道不愿意停止仇恨吗？"

索尼娅其实对叶列娜并没有特别强的厌恶之情，所以叶列娜这样一说，她反倒有些不好意思了："我很早之前就愿意这样做了。"

叶列娜从橱柜里拿出一瓶酒，倒了两杯，碰杯的一瞬间，彼此心中的嫌怨一扫而光。她们觉得彼此贴近了，便聊起了知心话。

"你能告诉我，你觉得活得幸福吗？"索尼娅认真地问。

叶列娜坦白地摇摇头。

索尼娅不知道这是不是自己想要的答案，便继续问："那你喜欢医生吗？"

叶列娜看透了索尼娅的心思，点点头说："非常喜欢。"

索尼娅眼里流露出一丝不易察觉的慌乱："你是不是觉得我很愚蠢啊？他虽然已经走了，但我分明听见了说话的声音和他的脚步声。外面伸手不见五指，可我还是能看清他的容貌。他那么聪明，几乎什么都懂……他不仅能看病，还能培植森林……"她的话零乱起来。

叶列娜笑了，接着她说下去："关键在于他不光能看病和培育森林，还在于他是有才能的！他心胸开阔，意志坚强……即使刚种下一棵树苗，也能想象到一千年后这棵树的模样，他分明已经梦到了未来全人类的幸福。"这时叶列娜分明感觉到了自己内心深处的那种汹涌澎湃的暗流，这令她非常吃惊。“我怎么能这样呢？我是已婚的女人啊，现在我的丈夫就在床上为痛风病呻吟呢……”她在心里狠狠地责备自己。她走过去亲吻索尼娅：“我希望你幸福，亲爱的！你应当享受这种幸福……而我，不过是个令人讨厌的、插曲式的人物。我的幸福已经被我亲手斩断了。”

“我太幸福了！”索尼娅被幸福的感觉冲击得快要昏过去了，完全没有察觉到叶列娜的痛苦。

“如果你真爱他，就要弄明白他是不是同样也爱你。如果不爱的话，以后就不要再见到他了，这样也省得痛苦。无论如何，不看到所爱的人，心里会舒服很多。”叶列娜劝道。

索尼娅担心自己被拒绝，所以不敢去问。叶列娜于是自告奋勇地表示帮她去问。但此时叶列娜的内心被感情折磨地痛苦死了，尽管她不承认，可她欺骗不了自己。她对阿斯特罗夫有好感，也明白他每天来这里的目的。她内心深处也愿意每天看见他，哪怕只是听他说说话。可这样做又是多么有悖常理啊！每次想到这儿，她的内心就被罪恶感淹没了。

阿斯特罗夫带着几幅画来了，那是他多年来的潜心之作。画面描绘的是这里五十年前、二十五年前和现在的样子。他热情地讲解给叶列娜听，可叶列娜却没有丝毫心思听下去。

“说实话，我现在在思考别的问题。”叶列娜请他坐下。“请原谅我这样做，我有一个小问题想问你，可又觉得很为难，不知道该不该问。”停了一下，她继续说，“这个问题和我的继女索尼娅有关。”她看着他的眼睛，“你喜欢她吗？”

阿斯特罗夫显然有些措手不及：“哦，我很敬重她。”

“那你喜欢她吗，作为一个男人？”

“不。”

这本不是叶列娜想得到的答复，但她分明感到内心深处掠过一阵轻松。她平复一下心情，郑重说道：“你这样的答复对她来说意味的是痛苦，既然这样，以后你就不要再来看我们了。”

阿斯特罗夫站起身，烦躁地踱来踱去，一副欲言又止的样子。

突然，他停在她面前，对她说：“你这个诡计多端的女人！对不起，不要这么惊讶。对于我每天来这里的目的难道你不知道吗？我已经整整一个月什么都没有做了，就是因为你，我才丢下自己的工作，只为见你一面。而你也喜欢这样，非常非常喜欢。现在我已经彻底屈服了，我任由你的虎爪随意摆布我！”

叶列娜被他看穿心思，不免有些慌乱也有些生气。“你疯了！”她大声指责他，“我难道有你想象的那么坏吗？我没有，我敢发誓！”说完，转身要走。

阿斯特罗夫一把抓住她，激动地说：“我今天走了，就再也不回来了，可是……我们在什么地方能再相会呢？快说，究竟在什么地方？”他盯着她，目光热辣，让她感觉快晕过去了。她已经听不清他到底在说什么了，她只感觉到他散发出的热气包围着她、烘烤着她，他的热情燃烧着她。突然，他不顾一切地抱住他，吻她的头发、手和脸，她感到那力量是不可抗拒的，而她也不想抗拒这力量……

就在这时，她忽然看见凡尼亚正站在门口，手里则拿着一束玫瑰花。

“放开！”她挣脱他的拥抱，“太可怕了！”她带着哭腔说。

凡尼亚则被眼前的情景惊呆了。叶列娜在他心中点燃的希望之火瞬间就熄灭了，原来她的拒绝不是因为要对丈夫忠诚，而是要与医生偷情！这个打击让他觉得人生瞬间变得绝望起来，他重重地坐到了椅子上。

然而，还有更沉重的打击在后面等着：谢列勃里雅科夫对全家人宣布，他要把庄园卖了，然后把这笔款子投资在证券上，搬回城里住。

这个消息对凡尼亚来说不啻为当头一棒。当初，父亲举债才买下这份产业，为了姐姐，凡尼亚放弃了自己应该继承的部分。而为了还债，他像牛马一样的勤劳，十年如一日。这个庄园是他二十五年一心经营的结果，每一份收入他都给了谢列勃里雅科夫，而自己每年只有五百卢布的酬劳。现在，自己却要像狗一样被主人赶走，他的肺简直要被气炸了。

“从前，我崇拜你，觉得你非凡杰出。但现在我睁开了眼，终于看清了你的真实面目。你确实是在研究艺术，但你知道什么叫艺术吗？你狗屁不通！你那些从前让我觉得了不起的工作其实连半分钱都不值！”凡尼亚尽情宣泄着内心积郁多年的愤懑。

“是你毁了我的生活！我从来没有为自己活过！我最好的青春年华就是被你糟蹋的！你是我最可恨的仇人！

“你知道吗？假如我过正常人的生活，我早就成了叔本华、陀斯妥耶夫斯基了，我的才能就是被你践踏了……”说罢，狂怒地冲了出去。

索尼娅“扑通”一声跪在父亲面前：“你可怜可怜我们吧，爸爸！你知道我和凡尼亚舅舅有多不幸吗？你难道忘记了？在你年轻的时候，凡尼亚舅舅和外婆是怎样整夜整夜地不睡觉，为你翻译书和抄写稿件的？我和凡尼亚舅舅，十几年如一日地辛勤工作，省吃俭用，就是为了能多给你送点钱去。我们难道白吃这碗饭了吗？”

叶列娜也走到丈夫面前，恳求他看在上帝的份上，好好跟大家沟通，再做决定。

谢列勃里雅科夫随之极不情愿地跟叶列娜出去了。

这时，屋里的人只听到“砰”的一声枪响。随后谢列勃里雅科夫仓皇地逃出来，边跑边喊：“快拦住他！”紧接着，凡尼亚手里握着手枪，杀气腾腾地走了出来。叶列娜紧跟在他后头，一把抱住他，大声叫着：“给我！把枪给我！”边喊边夺枪。

可凡尼亚三下两下就挣脱了她，然后像刚出笼的野兽一样四处寻找谢列勃里雅科夫，最后终于找到了已经蜷成一团的教授。他举起枪对准他。

“砰！”一枪响了，谢列勃里雅科夫大叫一声，飞快地跑到玛里娜身后，子弹在对面墙上打出了一个大洞。

凡尼亚一看没打到，气急败坏地说：“啊，没打着？怎么会没打到？”他狂躁地大吼一声，“啊！”然后，把手枪扔了出去，自己则瘫坐在椅子上，痛苦地抱住自己的头。

“天啊，老天爷，这都是什么事啊！”他绝望凄凉的声音在大厅里久久回荡，并飘到了漆黑的夜空中……

作者小传

契诃夫（1860—1904），俄国小说家、戏剧家、19世纪末期俄国批判现实主义作家、短篇小说艺术大师。1860年1月29日生于罗斯托夫省塔甘罗格市。契诃夫只身留在塔甘罗格，靠担任家庭教师以维持生计和继续求学。1879年进莫斯科大学医学系。1884年毕业后在兹威尼哥罗德等地行医，广泛接触平民和了解生活，这对他的文学创作有良好影响。1904年6月，契诃夫因肺炎病情恶化，前往德国的温泉疗养地黑森林的巴登维勒治疗，7月15日逝世。他和法国的莫泊桑、美国的欧·亨利齐名为三大短篇小说巨匠。

《凡尼亚舅舅》是契诃夫的代表作品之一。这部作品反映了俄国1905年大革命前夕社会底层人物与部分知识分子的苦闷和追求。人们开始质疑固有的生命价值，正如近代哲学家罗素所讲，那是一个“愚昧的人认为自己懂得很多而聪明的人认为自己懂得很少的时代”，也就是“破灭的时代”。

第八篇　俄狄浦斯王

作品评价

《俄狄浦斯王》是古希腊索福克勒斯的戏剧代表作之一，着重反映了主人公反抗“命运”但又不能摆脱命运的悲惨遭遇，显示了雅典自由民对社会灾难无能为力的悲愤情绪。俄狄浦斯智慧超群，热爱邦国，大公无私，在命运面前，不是俯首帖耳或苦苦哀求，而是奋起抗争，设法逃离“神示”的预言。他猜破女妖的谜语，为民除了害。最后，为了解救人民的瘟疫灾难，他不顾一切地追查杀害前王的凶手，使真相大白，又勇于承担责任，主动请求将他放逐。作者在故事中承认命运的存在，同时谴责命运的邪恶，赞扬主人公在跟命运斗争中所表现出来的坚强意志和英雄行为。因此，尽管结局是悲惨的，但这种明知“神示”不可违而违之的精神，正是对个人自主精神的肯定，是雅典奴隶主民主派先进思想意识的反映。

故事发生在远古的英雄时代。在一切看似平静无波的时候，希腊历史悠久的美丽古城忒拜城邦突然遭遇不测，巨大的灾难席卷了整个城市，血红的波浪颠簸着天下众生：田间的麦穗枯萎了，牧场上的耕牛奄奄一息，孕妇流产了。更恐怖的是带着火的瘟神降临这里，浓浓的烟火将整座城市封闭住。昔日美丽富饶的城市一瞬间化为灰烬，一眼望去满目尽是荒凉和悲惨，哭声和哀叹声响彻天空。

这天清晨，忒拜城王宫的前院人头攒动，老祭司带领着数百儿童、年轻人和老人，来恳请国王俄狄浦斯伸出援助之手。他们拿着缠了羊毛的橄榄枝，用歌声表达自己的恳求，希望俄狄浦斯王能用自己超人的智慧和力量，再次拯救处于水深火热中的生灵们。

事实上俄狄浦斯并不是什么天神，但忒拜城的人们却一直把他当做天灾和人祸的救星，这里面还有一个故事。忒拜城的祖先是卡德摩基，他是腓尼基国王阿革诺耳的儿子。有一天宇宙之神宙斯变成一头牛，拐走了卡德摩基的姐姐欧罗巴。父亲命他前去追赶，完不成任务就不要再回来了。卡德摩基苦苦寻觅却没有结果，只好向太阳神阿波罗求救。阿波罗指导卡德摩基去追赶一头母牛，直到把它累死为止，然后在牛死的地方建一座城。卡德摩基按照计划行事，这就有了现在的忒拜城。

忒拜城建立后历经磨难，其中最大的一次是十年前遭受狮身人面妖的威胁。当时忒拜城的国王外出时被一群强盗杀死了，在全城人都沉浸在悲痛中的时候，怪物出现了。她蹲在忒拜城外的一座悬崖上，拿智慧女神教给她的哑谜提问市民，答不对的话就要被她撕个粉碎并被吞进肚子里。很多人为此丧生，连国王的儿子都没能幸免。代理国王克瑞翁悬赏：如果有谁能猜对谜底就可以当选国王并娶他的姐姐为妻。外乡人俄狄浦斯勇敢地接受了挑战。

妖女说出谜面：在早晨用四只脚走路，中午用两只脚，晚上用三只脚。在所有生灵中，这是唯一一个用不同数量脚来走路的生物。脚最多的时候，正是速度和力量最小的时候。没等她说完，俄狄浦斯就说出了答案：人。而这正是正确答案，女妖生气地从悬崖上跳了下去，俄狄浦斯最终做了国王，并娶了克瑞翁的姐姐伊俄卡斯为妻。

从那时候起，忒拜城的人就相信俄狄浦斯是有天神暗中帮助的。现在忒拜城再逢灾难，人们就来找俄狄浦斯了。老祭司领着众人向俄狄浦斯乞援：“啊，尊贵的君王，看看那些惨遭不幸的人吧！你一直是我们的救星和希望，现在请你用天神给你的神力救我们渡过苦海吧！我们祈求你，快来拯救我们的城邦，解救这些水深火热中的生灵！”

俄狄浦斯眼看着生灵涂炭，城邦被毁，心急如焚。他这些天一直在苦思冥想拯救百姓和城邦的办法，最终想出了一个办法：派国舅克瑞翁到阿波罗那儿去求教。现在他正在焦急地等待克瑞翁带回神示。

正说话间，克瑞翁回来了。俄狄浦斯急忙跑过去，让克瑞翁当众说出神示——阿波罗要我们把藏在这里的污秽清除，否则我们就无从得救。

“什么污秽？又怎么清除呢？”俄狄浦斯不大明白阿波罗的意思。克瑞翁说所谓的污秽是指原忒拜国王拉伊俄斯被杀的事，正是那次流血事件使得城邦陷入了灾难中。“你得以血偿血，杀一个人或者下逐客令抵偿鲜血。他的意思其实就是让我们严惩凶手，不管他们是谁。”

尽管俄狄浦斯曾经听说过这件事，但是时隔多年去哪儿找他们呢？现在也没有什么线索啊。克瑞翁说：“神说凶手就在这里，只要你用心就一定找得到。”他问克瑞翁：“当时拉伊俄斯被杀害的时候有没有人报信？有没有目击证人？如果有的话我们就有突破点了。”克瑞翁说当时只有一个侍从活着回来了，那人报告说是一群强盗杀害了国王。俄狄浦斯则怀疑是城邦内部有人出钱收买强盗行凶的。克瑞翁说：“我也曾这样猜想过，但自从拉伊俄斯遇害后，并没有人站出来报仇。再加上后来出现了狮身人面妖的灾难，追查凶手的事也就此搁浅了。”

俄狄浦斯当即决定彻查凶手，他对克瑞翁和乞援者说：“这不光是为我妻子的前夫拉伊俄斯报仇，也是为我自己清除后患。因为不管是谁杀害了国王，都有可能用同样的毒手来对付我。你们中间如果有人知道杀害国王的凶手或线索一定要上报；即使揭秘者是帮凶，也会因此减轻刑罚的。”

“但是，”俄狄浦斯继续说，“如果有人为掩护自己或包庇朋友而违抗我的命令，就要受到异常严厉的惩罚：全城不许一个人同他讲话，也不许任何人同他一起祈祷、祭神，或为他施净罪礼；人人都要把他当做死敌一样地赶他出去！”

俄狄浦斯变得很激动，他清了清嗓子，接着说：“我诅咒那个凶狠的杀手，不管他是和别人一起行动还是单枪匹马。如果他是我的家人，我愿意忍受刚才我所说的所有的诅咒。你们现在就去召集所有的民众，并且协助我捉拿杀害老国王的凶手！对那些不服从命令的人，我求天神不让他们的土地结果，不叫他们的女人生孩子；让他们在厄运中毁灭，或是遭受更可恨的命运。而服从命令的人，正义之神和一切的神都将对他们永远慈祥。”

但在场的公民没人知道谁是凶手，但有人提醒俄狄浦斯去请教先知

忒瑞西阿斯。事实上，俄狄浦斯已经私下请了他两次，只是一直没有请来。于是又派人去请，这次终于请来了。忒瑞西阿斯虽然眼睛失明了，但对于天地间的一切都洞察于心。俄狄浦斯请求他说出凶手，希望他用他的智慧来解救众生。

可尽管俄狄浦斯再三请求，先知就是死活不说。他苦苦地哀求俄狄浦斯放他回家，这样对他对自己都好。先知的冥顽不灵惹怒了俄狄浦斯，他指着先知大骂："我看你就是谋杀国王的策划者，尽管你没有亲自动手。但如果你的眼睛没瞎，一定第一个冲上去杀害国王！"

这样的怒骂彻底激怒了先知。"我会让你遵守自己的承诺的。"他怒气冲冲地指着俄狄浦斯，说，"从此以后不许你跟任何人说话，因为你就是那个十恶不赦的凶手！"

先知的话像是一记闷棍，打得俄狄浦斯一阵眩晕。后来他仰头大笑："你这个厚颜无耻的人，竟敢这样出口伤人！你以为这样就可以逃脱罪责了吗？"他怀疑这是克瑞翁想收回王位，陷害自己的诡计。于是愤慨地说："财富和权力的诱惑真大啊！为了这些东西，我最信赖的朋友克瑞翁也要联合这个阴险狡诈的术士来把我推倒，简直卑鄙至极！"

俄狄浦斯又转向忒瑞西阿斯，生气地说："你配当先知吗？在全城人民被妖兽折磨的时候，你为什么不站出来破解谜面呢？现在你想联合克瑞翁一起推翻我，你绝对会后悔的！要不是看在你年纪大的份上，我一定让你尝尝苦刑的味道，好让你知道狂妄无礼的后果！"

忒瑞西阿斯此时忍无可忍，他本来不想在众人面前将这个善良的国王无心犯下的罪行揭露出来，更不想毁掉他。可面对俄狄浦斯的步步紧逼，他只能实话实说了。"我从来就不是克瑞翁的同党，而你对我的辱骂也根本就是没有道理的！你说我是瞎子？是的，我确实是瞎子，但我可以告诉你，你虽然长着双眼，但你还不如我这个瞎子！因为你根本就看不清你的灾难，你不知道你身在何方，在和谁一起生活；你是你已经死了的和还在世的亲属的仇家；你父母的诅咒会永远鞭挞你，还会可怕地追逐着你，把你赶得无处藏身；你虽然眼神明亮，但到那时候你能看见的只有黑暗。等你发觉你的昏慵的时候，哪个山头都会有你的哭声，喀泰戎山上每个角落都会有你的回音。你根本想象不出的灾难会让你的孩子和你成为同一辈人，世间再也找不到比你更命苦的人！”

俄狄浦斯再也听不下去了，他下令将先知赶走。可先知毫不畏惧，依然大声说：“我实话告诉你吧！你所要找的凶手就在这里，表面上他是个侨民，实际上却是个土生土长的忒拜人。他将遭受常人难以想象的劫难：从明眼人变为瞎子，从富翁变成乞丐，还要到外邦去，用手杖探着路前行。他将成为和他同住的儿女的父兄，他生母的丈夫，他父亲的凶手。”

俄狄浦斯被先知的话彻底弄晕了。但一股更深的恐惧却爬上俄狄浦斯的心头：难道这么多年我背井离乡，四处游荡，依然不能逃脱命运的魔掌？那些可怕的事情依然会发生吗？十多年来的风平浪静，使俄狄浦斯以为自己已经战胜了命运。可先知的话再次将他推到命运的风口浪尖，恐惧在心中沉淀，难道命运真的准备置他于死地？

这时克瑞翁来找他了，因为他听说俄狄浦斯指控他，非常难过，很想当面和他谈谈。

俄狄浦斯一看见克瑞翁就大骂他卑鄙无耻，说他因为想得到王位，居然要这样谋害他。

克瑞翁恨不得把自己的心挖出来给俄狄浦斯看，让他知道自己的忠心。“我身为国舅，有权势还有自由，为什么非要那个事事要操心的王位呢？”为了证明自己的清白，克瑞翁对天发誓：“如果你发现我有任何不轨的行为，就让我不得好死，让我永生永世被诅咒！”

但俄狄浦斯并不准备相信他的话，他仍然坚信克瑞翁就是那个阴谋家，并要处死他。

两人随后就开始争吵起来。争吵声引来了王后伊俄卡斯，她指责他们不顾城邦的利益为了个人利益而争吵。克瑞翁解释说国王要杀他，而俄狄浦斯则说国舅要对他下毒手。

王后劝丈夫不要怀疑克瑞翁的忠诚，俄狄浦斯就把先知的话和自己的怀疑说了出来。王后温柔地劝他不要担心，因为凡人不可能真的精通预言术。为了证明自己的结论，还拿出了证据："神示说拉伊俄斯会死在他和我生的儿子手里，但事实上他是在三岔路口被一伙外邦强盗杀死的；而我们的儿子，在出生还不到三天的时候就被拉伊俄斯钉住左右脚跟，叫人丢到荒山野岭去了。"所以，先知的话很大程度上是不准确的。

俄狄浦斯听说老国王是在三岔路口被杀死的，早已经吓得魂飞魄散了。恐惧包围了他，他不安地想：难道真的是命运在操控一切？他急切地问："国王是在哪里被杀死的？"

"一个叫福喀斯的地方，通往得尔福和道利亚的两条岔路在那里会合。"

"事情发生多长时间了？"

"在你即将做国王的时候发生的。"

俄狄浦斯颤抖着问："那拉伊俄斯长什么模样，多大年纪啊？"

王后不知道俄狄浦斯为什么神情紧张，便疑惑地说："个子很高，头上刚有白发，模样和你很像。"

王后的最后一句话像是一把利剑扎在了俄狄浦斯心上，他真怕那先知的眼睛并没有瞎。随后便问国王带了多少侍从，王后说一共五个，其中一个是传令官；仅有的一辆马车是国王的座驾，这当中只有一个人活着回来了。

一切都就此彻底明了了，老国王确实是俄狄浦斯杀死的，他不得不承认这个事实。王后见他忧心忡忡，烦躁不安，就关切地问他怎么了。俄狄浦斯就对她讲起了自己的经历：

原来俄狄浦斯并不是忒拜人，他是从科任托斯城邦来的。他是国王波吕玻斯、王后墨洛珀的儿子，从小无忧无虑的长大，但有一天一件事的发生改变了这一切。在一次国王举行的宴会上，一个喝醉的人大声喊他的名字，并说他并不是国王的儿子。不知所措的俄狄浦斯去询问自己的父母，尽管他们慈爱地安慰他，但依然没有打消他的疑虑。于是他就去找阿波罗了，却得到了一个更可怕的预言：他将杀死自己的父亲，娶自己的母亲，并生下子嗣。当时俄狄浦斯万分恐惧，如果这个预言成真，那自己就是十恶不赦的罪人啊！为此他逃离了家乡，远离了心爱的父母，因为他要改变命运。

在旅途中，他走到了国王遇害的三岔路口，碰见了一个传令官和坐马车的一行人。他们蛮横无理，非要将俄狄浦斯赶到路边去。俄狄浦斯气愤难忍，一怒之下就打死了推他的驾车人；当车上的老人准备用双尖头的刺棍向他打来时，他一棍子上去就结果了他的性命。其他几个随从也没有幸免，只有一个活着离开了。

俄狄浦斯悲伤地说："如果是我杀死的国王，那这世上还有比我可怜的人吗？我背井离乡，外出流亡，不能见到我的亲人，也不能回我的家乡。因为只要回去我就可能娶我的母亲为妻，还要杀死我父亲，那样的话我宁可去死！"现在俄狄浦斯唯一的希望就是那个侥幸逃脱的仆人，如果他坚持说国王是被一伙强盗杀的，那凶手就不是他；如果是个单身旅人的话，那就一定是他了。

伊俄卡斯劝丈夫不要担心，因为那个仆人是当着全城人的面那样说的。即使他后来改口，那神验也不会应验了，因为老国王命中注定要死在自己的儿子手中，而他可怜的儿子早已经死了。

但俄狄浦斯却不能解开心结，他仍然坚持要找到那个仆人，将一切查个水落石出。伊俄卡斯没有派人去找那个仆人，而是在苦劝丈夫无效的情况下拿着包缠羊毛的树枝去了阿波罗的祭坛上，她要乞求天神保佑丈夫，不要让他整天心神不安了。

正在这时，科任托斯城邦传来了消息：波吕玻斯王寿终正寝了，现在公民们都在等俄狄浦斯回去，担任国王。

这消息使伊俄卡斯非常兴奋，可怜的俄狄浦斯再也不用为那可怕的预言心神不宁了。但俄狄浦斯却依然忧心忡忡，尽管杀父的预言并没有在自己身上应验："难道我不该担心自己玷污了母亲的床榻吗？"还有一半没有消除的预言依然在碾压着俄狄浦斯的心。

报信人不知道俄狄浦斯在顾虑什么，在听说了俄狄浦斯娶母杀父的预言后大笑道："不用担心，年轻人，因为你和波吕玻斯王没有任何血缘关系。"

俄狄浦斯很早之前就听说过这样的说法，但他并不相信。因为波吕玻斯从小就叫他儿子，还对他十分疼爱。他也曾经拿这个向他求证，仁慈的国王否认了俄狄浦斯的说法。

为了证明自己的说法，报信人只好说出了几十年前的往事。他说自己从前只是个牧羊人，经常在喀泰戎峡谷一带放羊。有一天另一个牧羊人、拉伊俄斯王的仆人把一个左右脚跟被紧紧钉在一起的婴儿送给了他。他好心地解开了钉子，将这个婴儿送给了没有儿子的波吕玻斯王，而这个可怜的孩子就是俄狄浦斯。"你若不信，你的脚后跟就是最好的证明。"报信人说。

俄狄浦斯对此半信半疑，但自己的后脚跟确实有钉过的疤痕，他一直把这当成襁褓时期最大的耻辱。可他依然坚持找出那位曾给拉伊俄斯放过羊的仆人，只有这样一切才能真相大白。有位长老告诉俄狄浦斯，他要找的牧羊人就是仅有的幸存者——仆人。

俄狄浦斯只顾着和报信人交谈，并没有看到身后一直在偷听的王后伊俄卡斯。她此时早已是内心如焚，浑身发抖，觉得世界末日已经到来了。她不知道为什么命运要如此不公，可怕的预言已经应验了，因为俄狄浦斯就是那个被自己丢弃的可怜的孩子。但是，伊俄卡斯依然不想让一切大白于天下，因此当俄狄浦斯问她那送婴儿的牧羊人是不是就是国王遇难时逃生的仆人时，伊俄卡斯痛苦地哀求："看在天神的面上，如果你关心自己的性命，就不要再理会这些了，我的痛苦已经快将我压倒了。"

俄狄浦斯误以为王后是怕发现他出身卑贱感到耻辱才隐瞒真相，于是生气地说："你放心好了，即使我母亲三世为奴，我有三重奴隶的身份，也不妨碍你身份高贵！"王后听到母亲两个字，更加痛苦地请求。俄狄浦斯不顾王后的苦苦哀求，严厉地讽刺她狗眼看人低。伊俄卡斯知道事情马上就要败露了，便痛苦地说道："不幸的人呀！我只劝告你，不要再继续追究下去了！从此以后，我们之间没有任何话可以说了！"说罢便痛苦地冲出了王宫。

俄狄浦斯根本不理解王后的痛苦，更不知道即将发生的祸事，他执著地要找出牧羊人。很快，牧羊人就被找来了。

科任托斯的报信人一眼就认出来人正是自己所说的牧羊人。拉伊俄斯的牧羊人虽然也认出了报信人，但对早年被托付婴儿的事儿一直在闪烁其词不愿正面回答。报信人指着俄狄浦斯，提醒他："朋友，你仔细看看，这不就是你当初送我的婴儿吗？"牧羊人听了大为恼火，大骂道："该死的东西！赶紧闭上你的嘴！"说着露出一副非常痛苦的神情。

俄狄浦斯对牧羊人的态度极不满意，他追问牧羊人，牧羊人却三缄其口。愤怒的俄狄浦斯恼火地下令将其绑起来，再不说实话就要了他的命！在俄狄浦斯的厉声追问下，老牧羊人无奈之下只好说了实话。那婴儿是拉伊俄斯的儿子，因为王后害怕那不吉利的预言，于是就让牧羊人将婴儿带到山上杀死。善良的牧羊人可怜他，就把转送给了邻邦的另一个牧羊人。老牧羊人哭着说："我以为牧羊人将他带到自己家里就一切相安无事了，哪知道留下这个婴儿却闯了这样的大祸。国王，如果你就是他所说的那个人，那你的命运真的太不幸了！"

俄狄浦斯只觉得天崩地裂，五脏俱焚。面对着苍天和变化莫测的大自然，他绝望地大声喊道：“天哪！多么可怕的预言啊！我娶了不应当娶的母亲，杀了不应当杀的父亲。我真是瞎了眼了！”巨大的悲痛和恐惧让他看起来很可怕，他红着眼问侍从王后在哪儿。

答案却是王后自杀了。

自从王后听报信人说了俄狄浦斯的身世后，她就觉得自己的世界天崩地裂了。她用双手紧紧抓着自己的头发，大叫着冲进宫里，躲进了卧室。她呼唤着已经作古的拉伊俄斯的名字，想念她早年生的儿子，说拉伊俄斯太狠心留下她在人间承受着乱伦的痛苦。她想着自己的不幸：给丈夫生丈夫，给儿子生儿女……等俄狄浦斯彻底弄明白自己的身世，横冲直撞地冲进卧室的时候，王后已经将自己吊在了半空中……

俄狄浦斯惨叫一声，冲过去把王后平放在地上。他跪在王后身前，痴痴地看着这个既是母亲又是妻子的女人。然后从她衣袍上摘下那两只她经常佩戴的金别针，举起来朝着自己的眼睛狠狠刺去，边刺边歇斯底里地喊道：“你们早就该瞎了！因为你们看够了不应当看的人，不认识我想认识的人；以后你们再也看不见我所受的灾难、所造的罪孽了，因为你们瞎了！”说着继续疯狂地向自己的眼睛狠狠地刺，鲜血汩汩地留下来。

可怜的俄狄浦斯忍受着肉体和精神的双重痛苦。他大声地诅咒那个将他从铁镣下救出来的人，要是当初他没有救自己，那他就不会杀了自己的生父，也不会娶自己的生母。就因为自己活了下来，自己才成了被天神气绝的人。他诅咒不公平的命运，为什么一定要他承受这样的不幸。现在他唯一的请求就是，让他这个最该被诅咒、最被天神憎恨的人去境外流亡。

他踉踉跄跄地走着，边走边大声地咒骂：“波吕玻斯，你将我抚养成人，给我完好的皮肤，却让它们暗疮溃烂。你们让我做我母亲的丈夫，让自己的兄妹做孩子，让我去流亡吧，不要再让我出现在众人面前……”

失魂落魄的俄狄浦斯一路走一路喊叫，公民们聚集在王宫门前，看着雄风不再的国王，没有嘲笑和指责，只有同情和怜悯，曾救他们于水火的君王，如今深陷如此悲惨的命运漩涡……

此时克瑞翁来找俄狄浦斯了。俄狄浦斯请他原谅自己之前的冒犯。忠诚的克瑞翁早已经忘了那场不愉快，他不是赶来嘲笑俄狄浦斯的，也不是来责备他的罪过的，他是想将这个可怜的人重新带回宫里。

但俄狄浦斯拒绝了这个请求。他请求克瑞翁按照正常的礼仪厚葬王后，并允许自己住到喀泰戎山上去，因为那是父母在世时为他指定的坟墓。而自己不幸的家也要拜托给克瑞翁了。“我的两个儿子吕涅刻斯和厄忒俄克勒斯已经长大成人，能够自食其力了。但两个女儿安提戈涅和伊斯墨涅还小，从小养尊处优惯了，只能拜托你多照顾了。”

正在这时，俄狄浦斯听见了女儿们的哭声。他颤抖着双手说：“是我的女儿吗？是不是克瑞翁可怜我，把我的宝贝们送来了？”

确实是这样的。善良的克瑞翁早就想到了这一点，便提前将俄狄浦斯的女儿们带来了。俄狄浦斯喜不自禁地一把将女儿们搂在怀里，呜呜地哭起来。这是他的女儿，同样也是妹妹。因为自己，她们已经遭遇了不幸，但更残酷的苦难命运还在等待她们。想到这儿，俄狄浦斯失声痛哭。他告诉女儿们，她们将来会因为父亲遭遇世人的嘲笑和讽刺，辱骂和鄙视。人们会不愿意接近她们，她们命中注定不会结婚和生儿育女，她们将在孤苦伶仃、忍饥挨饿中孤老终生，她们这一生注定是要与苦难和耻辱为伴的。他抚摸着女儿们的头，泪水滴到她们脸上。“现在我来教你们祈祷，机会让你们怎么样，你们都心甘情愿地接受。希望你们能比父亲更快乐。”俄狄浦斯再次请求克瑞翁要多照顾她们，并虔诚地向苍天祈祷，要天神保佑自己的儿女，所有的罪恶和惩罚就让他一个人承担好了。

俄狄浦斯坐在宫前冰冷的台阶上，众人渐渐散去。他想起自己的美好童年和温馨的家，现在一切都消失了，和心灵深处曾有的恐惧一起消失了。但悲惨的时刻也即将到来了。带着肉体与精神上的巨大创伤，俄狄浦斯颤抖地拿起手杖，朝着喀泰戎山的方向跌跌撞撞地走去，漫漫长夜的无尽苦难正在等待着他……

作者小传

索福克勒斯（约公元前496—公元前406），古希腊三大悲剧家之一，生于雅典富商家庭。他是雅典民主政治繁荣时期意识形态最完善的代表人物。相传写有130部悲剧和笑剧，现存《安提戈涅》、《俄狄浦斯王》、《厄勒克特拉》等7部完整的悲剧。剧作取材于神话和传说，多描写理想化的英雄人物与命运的冲突，但终究不能摆脱命运的摆布而走向毁灭。反映了雅典奴隶主民主政权盛极而衰时期的社会面貌。代表作《俄狄浦斯王》约写于公元前403年，着重描写主人公反抗“命运”但又不能逃脱其摆布的悲惨遭遇，显示出雅典自由民对社会灾难无能为力的悲愤情绪。剧作结构严谨，情节曲折，简洁有力，含义深刻，是古希腊悲剧代表作品之一。

第九篇　被缚的普罗米修斯

作品评价

《被缚的普罗米修斯》是埃斯库罗斯最著名的悲剧作品，代表了作者的创作水准，也是对后世影响最大的作品之一。剧中揭示了反对暴君统治的主题。由于普罗米修斯将天火送给人类，教导人类劳动，赋予人类智慧，被一心要消灭人类的宙斯绑在高加索山上，但是普罗米修斯反抗宙斯的意志并未因此而动摇。这是一场专制统治与反专制统治的斗争，反映了雅典工商民主派与土地贵族寡头派的搏斗。普罗米修斯成了民主派的化身，表现了为正义事业而顽强斗争的不屈精神。

在很久很久以前，整个世界的统治者是提坦神族。他们的老祖先是天帝和地母，他们二人生下了六男六女，一共是十二位神仙。但天帝暴虐无道，不念儿女亲情，居然把自己的孩子独眼巨人和百臂巨人打进了地狱，并且让他们永世不得翻身。地母憎恨天帝的暴行，就唆使自己的孩子们站起来反抗他们的父亲，并赐给儿子克洛诺斯一把花岗岩打制的镰刀，让他用这把镰刀亲手杀死天帝。勇敢的克洛诺斯就与兄弟姐妹一起，结果了天帝的性命，并将他的尸体扔进了大海里。然而不幸的是，在血滴洒落的地方，生出了三个复仇女神，她们也就是追究一切谋杀亲人的罪犯的神灵。在天帝死后，克洛诺斯成了众望所归的神王，娶他的胞妹瑞亚为神后，生儿育女，逐渐有了后来的提坦神族。

神后瑞亚有预知未来的先知本领，她预言神王克洛诺斯也有和天帝一样的命运，最终被自己的孩子们赶下王位。克洛诺斯十分担心，于是将女儿灶神赫斯提亚、农神德美忒尔，儿子财富神普路托、江河神波塞冬等都吞进了肚子里，企图违抗命运的安排。但后来瑞亚再一次成功怀孕，为了保住这个可能被毁灭的小生命，她就用一块大石头来代替自己的儿子宙斯，成功瞒过了克洛诺斯。宙斯被母亲瞒天过海地藏到克利特岛，让两位女神用山羊奶将他养大。长大成人的宙斯力大无穷，凭着这个能力他迫使同样歹毒的父亲将被他吞食了的兄弟姐妹吐出来，又从地狱里救出了独眼巨人等人。众人为了报答宙斯的救命之恩，就拥立他为王，并赠送他雷和电，从此，宙斯变得更加威力无穷，天下无敌了。

宙斯成了新王后，就派哈得斯管理冥界，派波塞冬管理海域。他们共同居住在奥林匹斯山上，也就是从这时候开始，奥林匹斯山的新神代替了俄特律斯山的旧神提坦族神。但是，已是明日黄花的提坦族神并不甘心退出历史舞台，他们总是倚老卖老，不断顶撞宙斯，最终引发了新神与旧神的血战。这场冲突将天界、地界、人间搅得是天昏地暗，不得安宁。在战争中，宙斯得到了独眼巨人和百臂巨人等神的帮助。普罗米修斯虽然是提坦神族，但一直拥护宙斯，因此在战争中也站到了宙斯这边。最后在众神的帮助下，宙斯成了战争最后的胜利者，普罗米修斯也荣立大功。

但尽管如此，并不代表普罗米修斯从此以后可以高枕无忧，还有很大的折磨在等待他。这天在大地边缘的斯库提亚，云雾弥漫，寒风凛冽，这里一片荒凉，几乎寸草不生，是个鸟不拉屎的地方。只见远远地走来了一帮神灵，中间那个被铁链紧紧地锁着，生得魁梧高大，双眼炯炯有神，他就是普罗米修斯。与之同行的则是威力神、暴力神和火神赫淮斯托斯三神，他们是奉父亲之命将普罗米修斯押送到此的。

“父亲命令我们将他绑到悬崖上，你一定要发挥最大的功力，把他绑牢一点儿。”威力神指着一处悬崖对火神赫淮斯托斯说。

火神赫淮斯托斯其实非常同情普罗米修斯的遭遇，普罗米修斯曾为天国立了大功，这次就是因为出于对人类的爱护才偷取了天火，难道就应该受到这样的重罚吗？如果他被钉在这荒凉的悬崖上，白天，要忍受毒辣太阳的炙烤，晚上要忍受凛冽寒风的吹拂。这凄凉的石头，是睡不能睡，坐不能坐，永无休止的折磨终会将他的意志全部磨光。赫淮斯托斯心生同情，不禁在心中感叹：我虽然非常同情你，但父命难违。你也知道，新官上任都是非常严厉的，要树立自己的权威。心里这样想着，他手上的活儿就慢了下来。

“行了，别让你的同情心尽情泛滥了，这个人人得而诛之的恶神，居然把我们的特权私自出卖给人类，难道不应该受到严厉的惩罚吗？你为什么还要同情他？！”威力神对火神的行为非常鄙夷，便催他赶紧干活儿。

火神无奈地爬上悬崖抡起大锤，威力神和暴力神则分别按住普罗米修斯的手脚，就这样普罗米修斯的手脚被钉在了悬崖上。钉完后，火神满眼同情地看了一眼普罗米修斯，发现他尽管整个身体都已经失去了自由，但神态还是那般从容淡定。他的头微微靠在岩石上，目光定格在远方的云雾上。这种淡定和沉着彻底激怒了威力神，他愤怒地把一根钢钎抛给正在悬崖上工作着的火神，让他把这个钢钎钉进普罗米修斯的胸口。

火神纵有万般同情，却不敢违抗一点儿命令：“普罗米修斯，我为你的痛苦悲叹！”

钢钎一下子扎进普罗米修斯的胸膛，一股鲜血顺势流了出来。普罗米修斯依然不言不语，只是将眼睛微微合上，将嘴唇闭得更紧了。

威力神和暴力神并不想就此罢休，他们又把钢钎拔了出来，并命令火神将普罗米修斯从上到下再多绑几圈。一切完成后，威力神终于满意了。但临走之前，他并没有忘记要对普罗米修斯再进行一顿冷嘲热讽：“你胆大包天，居然将神的东西偷给朝生暮死的人，更可笑的是还后知后觉地以为这样不会受到惩罚，简直是滑天下之大稽！”

三神就这样走了，普罗米修斯被孤零零地留在这里。太阳很快升起来了，火辣辣的阳光炙烤着他，让他感觉到快要窒息的痛苦。口干舌燥的普罗米修斯不禁对苍天高喊：“只因为我爱护人类，只因为我将神特有的东西送给了人类，居然就受到了这样的惩罚！并因此成了宙斯的仇敌，简直太不公平了！”喊声在九重云霄久久回荡。

忽然，一阵香气扑鼻而来。伴着沙沙的响声，一辆装饰着姹紫嫣红的鲜花的飞车疾驰过来。很快，一群身着五颜六色羽衣的神女就从车上活泼灵巧地跳了下来。

“啊，原来是河神的女儿们啊。”普罗米修斯想大声招呼她们，但一想自己现在的惨样就痛苦地打消了这个念头。但很快女神们还是发现了他。

她们对普罗米修斯的遭遇深表同情，她们仰首合目，衷心祈祷新的领袖出现，好来拯救受苦受难的普罗米修斯。普罗米修斯见此露出了会心的微笑，他开心地向女神宣布：“别看我现在受到了侮辱，但他终究需要我来告诉他，一个什么样的新企图会使他失去王权。除非他先给我解了这残忍的镣铐，愿意补偿我的损失，平复我的侮辱，否则我不会泄漏那个秘密。”女神们既佩服普罗米修斯的胆量，同时又担心他的命运。她们都愿意在这里陪伴普罗米修斯，好让他的痛苦和磨难变得少点。

这些善良的神仙信守承诺，每天日出而来，日落而归，雷打不动地驾着飞车来探望和陪伴普罗米修斯。但让她们迷惑不解的是，宙斯为什么要这样侮辱普罗米修斯？而他究竟又犯了什么大错？

普罗米修斯长叹一声：“关于我的过错，具体是这样的。宙斯神王在登上王位后，就分封了众神。宙斯不但没有记住人类的半点功劳，还想借这个机会完全毁灭掉他们。我因为同情他们就将神火偷偷送给了他们，这样就可以使他们多学到好多技艺，好对付宙斯。但后来这件事被宙斯知道了，他气愤至极，就命人将我绑到这里，尽一切所能的侮辱我。”

“你的苦难是不是永无止境啊？”女神们忧伤地问。

“也不是，只要他高兴，还是有所期盼的。”

听了普罗米修斯的话，女神们一个个泪如雨下。

就在这个时候，河神来了。女神们看到年迈的父亲远道前来都很惊讶，要知道他们的父亲是从不离开自己的领土的，今天为什么要跋山涉水来到这寸草不生的荒凉边陲呢？

原来，河神是因为听说了普罗米修斯的遭遇，深表同情，特意赶来帮助他的。

“啊，普罗米修斯，受苦受难的神，赶快平息你的愤怒，想办法摆脱这灾难吧！”河神一看见普罗米修斯受难的惨状，就情不自禁地喊出了声。

“要怎样摆脱灾难呢？”

“普罗米修斯，我的神，你灾难的来源就是因为你的口舌惹了祸。你既然知道新君是个严厉的人，就应该学着随机应变，或者像我这样随遇而安。我现在就去求宙斯，看是不是能帮你解除苦难。而你现在要做的就是把嘴巴管好，不要再招惹宙斯了。”河神苦口婆心地说。

听了河神的话，普罗米修斯就说：“你的好意我心领了。请你不要再费心帮我的忙了，以免惹怒宙斯。他的为人我了解得很清楚，他是绝对不会放过我的。难道你们忘记了阿特拉斯和堤福斯的经历了？阿特拉斯，我兄弟，提坦神族中出了名的大力士，在新旧神的斗争中，他坚决站在提坦神族一边，公然反抗宙斯。在宙斯胜利后，阿特拉斯就受到了异常残酷的惩罚。他被铸锁着面向西方，直挺挺的像石柱一样用肩膀顶住沉重的天穹。而堤福斯呢，他的命运更加坎坷。这个地神的儿子，公然反抗天神，还夸下海口要推翻宙斯的统治。宙斯眼睛都不眨一下的将霹雳射向他，猛烈的火焰一下子就击伤了他的心，把他的血肉变成了灰烬。现在他的无用的残尸还被压在埃特那山脚底下，火神赫淮斯托斯坐在那山顶上锻炼熔化了的铁。”

“我也知道宙斯对与自己作对的人从不手软，所以我从不招惹他。不过，我跟他求情应该不算与他作对吧？”河神俄刻阿诺斯还想最后做一次努力。

“确实没有害处，但那也是没有帮助的，只是天真的愚蠢而已。”

“就让我愚蠢下去吧，只要还有一点儿希望。”河神竭尽全力。

“我如果答应了你，你就像我一样愚蠢。”普罗米修斯坚决阻拦了河神的行动。

对普罗米修斯的决定，河神既钦佩又惋惜，女神们也对普罗米修斯更加同情。大家默默无语，都静静地听普罗米修斯讲述往事。

原来，最初的人类就是由普罗米修斯创造的。那时天和地已经被创造了出来，水里有鱼在游，空中有鸟在飞，地上有各种动物和植物，唯一的缺憾是这些生物没有灵魂支配它们。于是普罗米修斯决定创造一种有灵魂的生物来支配他们，最后他选择了用泥土捏塑。他把善和恶封闭在了泥人的胸膛里，还请智慧女神雅典娜把灵魂和呼吸送给了他们，这样有生命力的人就被创造出来了。普罗米修斯成了人类的保护神，他教人类观察星辰，教人类计算和用符号交流思想。他还发明出种种技艺来使人类摆脱各种各样的苦难。

但普罗米修斯为人类所做的一切却得罪了宙斯。其实那时候天神们已经注意到了人类的存在，他们允许人类和自己一样存在在这个世上，但有一个条件：人类必须对自己绝对服从。为此天神和人类特意在希腊的墨科涅召开会议，研究讨论人类的权利和义务。普罗米修斯在会议上极力为人类争取减轻负担，并且代表人类宰杀了一头大公牛，将其分成两堆：一堆放肉、内脏和脂肪，并且用牛皮遮盖着，顶上放着牛肚子；另一堆则放上剔光肉的骨头，用牛的板油包裹好，请神祇各自随意取一份。谁知全能全知的宙斯早已经看穿了普罗米修斯的把戏，他压住怒火从容地取走了雪白的板油。当假装上当的宙斯剥开板油露出剔光肉的骨头时，便严厉地对普罗米修斯说：“欺骗我是没有好下场的。”

普罗米修斯因此得罪了宙斯，心胸狭窄的宙斯为了报复普罗米修斯就决定阻止人类的文明进程，拒绝给人类完成文明进程所需要的最后一个关键物件：火！普罗米修斯为了帮助人类就决定冒险盗火。他偷偷摘取了一段木本茴香的枝干，走到太阳车那儿引燃，然后飞奔到人类那里，在丛林中点燃了第一堆火。

当宙斯看到火焰在人间燃烧时，火就冲昏了脑门。他发誓一定要严惩普罗米修斯这个叛徒——人类的保护神。为了防止人类的文明超过天神，宙斯决定为人类制造新的灾难。他下令制造出一个美丽的少女，给她穿上雪白的美丽长袍，戴上漂亮的头冠，并赐她语言功能，赋予她长袖善舞的媚态，取名潘多拉，也就是拥有一切天赋的女人的意思。宙斯还要求每一个天神都要赐给这个红颜一个对人类有害的礼物，让她带着这个装满祸害的匣子降临人和神都可能到达的地方。不幸的是，普罗米修斯的兄弟厄庇墨透斯迷上了美丽邪恶的潘多拉，潘多拉轻盈地捧着匣子来到厄庇墨透斯那儿，突然打开匣盖，很快灾害就遍布大地。宙斯为了尽一切所能地惩罚人类，在散布了这么多灾难后，却把希望锁在了潘多拉的匣底，紧闭的匣盖让人类看到希望的最后一点儿妄想都变得无限渺茫。人类变得和普罗米修斯一样，只有在忍受千年的厄运后才能看到希望。但宙斯不可能永世为王，具有预言能力的普罗米修斯把这点看得清清楚楚，但他并不想泄露出这个秘密。

这时一头失魂落魄的母牛来到了普罗米修斯受罚的地方，普罗米修斯一眼就看出这是美丽少女伊俄的变形。“可怜的伊俄，美丽的少女，却身遭这样悲惨的漂泊命运。”普罗米修斯忍不住叹到。

“你是谁，怎么会知道我的名字？”伊俄惊讶地问。

“我是把火送给人类的普罗米修斯。”

“啊，善良的普罗米修斯，人类伟大的保护神，你怎么会被绑在这儿，承受这样的苦难？”

“当然是天下无敌的宙斯所为。”

“他为什么要这样对待你呢？”

普罗米修斯不想再继续这个话题，这时河神的女儿们连忙过去为伊

俄拂去蒙在雪白毛皮上的沙尘，帮她擦拭身上被牛虻叮咬的伤口。伊俄流着泪跪着请求普罗米修斯告诉她自己还要受多少罪才能摆脱一切苦难。普罗米修斯答应了她的请求，但她必须告诉河神的女儿们自己为什么会遭遇这一切。

原来，伊俄是商人的女儿，因为容貌出众受到了宙斯的青睐。从此以后，晚上伊俄的闺房里就常出现幻影，她耳边还不断响起引诱她的甜言蜜语：宙斯非常爱她，只要她结束处女生活与宙斯结合，就能获得人生最大的幸福。这个惨遭不幸的美人几乎每天晚上都被这个噩梦纠缠着，终于她在忍无可忍的时候将这个可怕的梦告诉给了父亲。父亲派人去问神该怎么办，神告诉他应该把女儿赶出家门，让她天涯海角地流浪，否则灾难就会降临到他们家，将全家都毁灭。伊俄的父亲不敢违抗，只好把伊俄赶出了家门。

伊俄来到父亲放牧的草地，宙斯马上变成一个男人来引诱她，伊俄怎么也逃不出宙斯的罗网，只好委身于他。谁知诸神之母赫拉却察觉了宙斯的不忠，于是从天而降，想要捉奸在床。宙斯急中生智之下将伊俄变成了一头雪白的母牛，企图帮伊俄逃脱伤害。但这一切并没有逃过赫拉的法眼，她向宙斯要母牛，宙斯无奈之下只好将母牛交了出来。赫拉带走母牛后，是百般虐待，并派百眼怪物阿耳戈斯严加看管她。

一天，阿耳戈斯带着伊俄到山地上游牧，伊俄发现自己居然来到了故乡，她在河水的明镜中看到了变形后的模样，痛苦极了。她还在这里看到了自己的父亲和姐妹，她温柔又痛苦地舐着父亲的手，但年老的父亲并不知道她就是自己的女儿。伊俄着急地用蹄子在地上弯弯曲曲地画着，父亲惊异于牛的动作，最终明白了这牛就是自己的女儿伊俄。老人大叫一声，激动地抱着牛的头泣不成声。阿耳戈斯见状，强行分开了他们，牵着伊俄远离了故乡，从此她再也没有机会感受人间的温暖。

当然，宙斯并没有忘记伊俄，他派心爱的儿子赫耳墨斯来解救她，赫耳墨斯开动脑筋终于将伊俄解救了出来。赫耳墨斯是宙斯和普勒阿得斯七姐妹之一迈亚的儿子。最初他是畜牧之神，率先教会人类在祭坛上点火。他是人间亡灵的接引者，要求人们焚化祭品，由他伴送亡灵前往冥国，因此人类对他非常有好感。但因为后来得到宙斯的器重，成了奥林匹斯山诸神的使者，宙斯的传旨人，并因此变得趾高气扬，狂妄自大，人们之后就对他敬而远之了。

伊俄从此彻底摆脱了百眼怪物的监视，虽然还是牛的外形，但最起码拥有了自由。赫拉知道这件事后，就放牛虻出来叮咬她，吮吸她的鲜血，追着到处漂泊的她。可怜的伊俄被从一个地方追到另一个地方，她茫然地不知道苦难的尽头究竟在哪儿。所以她请求普罗米修斯告诉她：哪里才是她漂泊的终点？而这样的痛苦她还要忍受多久？

众女神与普罗米修斯都非常同情伊俄的遭遇，她们愤怒地指责宙斯的暴行，因为假如宙斯不引诱伊俄，那她就不会遭遇这一切。最后普罗米修斯预言道：宙斯会有倒霉的那一天，因为将来他会结婚，而妻子生下的孩子会比他强大很多倍，到时候伊俄的第十三代孙会为普罗米修斯打开镣铐。对于这个预言大家都不太明白是什么意思，普罗米修斯索性就将伊俄的归宿和自己的解放一起告诉给了大家：

在卡诺玻斯城，宙斯会用他温柔的手通过抚摸伊俄来使她恢复人形。伊俄将来会生下黑皮肤的厄帕福斯，也就是埃及的一国之君。到第四代的时候，厄帕福斯的曾孙达到俄斯害怕他的孪生兄弟埃古普托斯和他的五十个儿子，便想带着自己的五十个女儿逃到阿耳戈斯，以避免她们和自己的堂兄弟结婚。堂兄弟们锲而不舍地追来，但在婚礼之夜，新娘们将会把双刃剑刺进丈夫的喉头。其中有一个例外，美丽的新娘被爱情迷惑，不但不会杀自己的丈夫，还会和丈夫在阿耳戈斯生一支王族。在这个王族里，将诞生一个英雄——著名的弓箭手赫拉克勒斯，他也就是伊俄的第十三代孙，最终将是他使普罗米修斯脱离苦海。

听完普罗米修斯的预言，伊俄放声大叫，她真想此刻就结束自己的生命，好让一切悲惨到此为止。但这时候牛虻又来追赶伊俄了，她很快就逃得无影无踪了。

河神的女儿们亲眼目睹了伊俄的悲惨，都乞求自己不要遭遇这样的不幸。普罗米修斯安慰她们，宙斯不会永远强大下去，他会在未来结一段姻缘，而这将是他王权终结的导火索。他会被毁灭，就像他父亲被推下宝座时发出的诅咒一样。而这件事会怎样发生，诅咒又会怎样应验，只有普罗米修斯一人知道。

这天，赫耳墨斯从天而降，来到了普罗米修斯受罚的地方。

“宙斯怎么派你来了，难不成是来看我怎么受罪的？”一看到他，普罗米修斯就冷嘲热讽地说。

赫耳墨斯刚一落地，就受到普罗米修斯这样的嘲讽，马上就被气得脸上青一阵紫一阵的。他也不想给普罗米修斯留面子，就出言不逊地回敬道：

“你这个可恶的贼，居然敢把众神的权利送给朝生暮死的人类，因此得罪了众神，活该受到这样的惩罚。”

“我现在虽然受到了惩罚，但终有脱离苦海的一天。倒是你父亲宙斯，最终会被自己的儿子从宝座上推下来，他现在一定比我还恐慌。”普罗米修斯说完哈哈大笑。

“既然你说到了这点，我也告诉你我来这的目的。我父亲想知道你常说的会使他丧失权力的婚姻是哪一桩，你要老老实实地告诉我，别害我浪费时间。”说着，他选了一块石头坐下，摘下帽子，搁在腿上。

“你现在拿你老子的口气命令我，你以为我会服从你吗？”

“难道你忘了你现在的刑罚就是惹我父亲生气的下场了？”

普罗米修斯看着赫耳墨斯不可一世的样子，愤怒地说：

“难道你没看过两个君王从那卫城上被推翻吗？我将来会看到第三

个——你的父亲，他很快也会被残酷地推翻。”

“你只要把这个可怕预言的谜底说出来，我父亲应该就会原谅你、宽恕你的，免去你的苦难也不是没有可能。但你要明白一点，那就是和宙斯作对是不会有好下场的。”

“这道理我很早之前就已经知道了，所以不用你费心地提醒我。我从自己所受的酷刑上就看出了宙斯的人品。”普罗米修斯悲愤地说。

“难道你宁愿与大石头为伍，也不愿做我父亲的亲信？”赫耳墨斯不解地问。

“我并不想与大石头为伍，但我更不想做宙斯的亲信。我可以坦白地告诉你，我讨厌一切受我的恩惠最终却恩将仇报的神。而你的父亲——宙斯，就是我最最憎恨的一个。”想起宙斯的恩将仇报，普罗米修斯就恨得牙痒痒。

“你简直疯了，居然敢公然反抗宙斯。”赫耳墨斯见普罗米修斯不惧不屈，大声反抗，心想他一定疯了。

“我确实是疯了，如果憎恨仇敌就是疯了的话。”

“看来你并不想回答我的问题啊。”

“你能看出这点，说明你还算聪明。我誓死不会回答宙斯的这个问题，我要亲眼看着他被狼狈地推下宝座，我要看着他在宝座上永世不得安宁，一直活在恐慌紧张中。”

“你要知道这将会对你非常不利。”

“这点我很早之前就知道了，你不必再浪费唇舌。你以为我会恐惧宙斯，然后像懦弱的人一样伸出乞讨的手，求我最憎恨的神来给我解开镣铐？告诉你吧，我绝对不会那样做！”被绑在悬崖边上的普罗米修斯反抗的意志比阳光下的岩石还要坚硬，他的眼神中透出真理的光辉，阳光照在他身上，让他受难的形象变得无比辉煌和悲壮。

躲在岩石后边的女神们被普罗米修斯的坚强不屈感动，纷纷走了出来。看到她们，普罗米修斯的眼神瞬间变得柔和起来。赫耳墨斯拨开众女神，气急败坏地说：“你既然如此顽固，就等着宙斯给你赏赐吧！”说完，戴上帽子，整了整衣衫，便离开了。

赫耳墨斯走后，众女神们聚在一起，最后都劝普罗米修斯：“赫耳墨斯的话不算不合时宜，他劝你放弃顽固，你就听了吧。不然，宙斯真的会重重惩罚你的，我们真为你担心啊！”

“宙斯会给我什么惩罚我很早就知道，随便他怎么处置我，我都将是不朽的生命，人类永远的保护神。”普罗米修斯虽然对女神们感激不已，但还是没有接受她们的请求。

果然，宙斯的惩罚随后如期而至，宙斯将普罗米修斯囚禁在塔耳塔洛斯深坑，几千年的黑暗伴随普罗米修斯日日夜夜。随后他又被宙斯披枷戴锁地钉在峭壁上，宙斯凶猛的鹫鹰每三日来啄食普罗米修斯的肝脏，饮他的心血。但普罗米修斯并没有就此屈服，他是不朽的，肝脏被啄去了会再重生，心血被吸干了会再长。不管遭受什么酷刑，普罗米修斯都咬紧牙关，坚决不泄露秘密。

历经久远的岁月，普罗米修斯的预言真的应验了。伊俄的十三代孙——著名的英雄赫拉克勒斯，为寻找金苹果路过普罗米修斯的刑地，他弯弓搭箭射死了宙斯的鹫鹰。赫拉克勒斯将受苦受难的普罗米修斯解救出苦海，普罗米修斯终于获得了自由。

作者小传

埃斯库罗斯（公元前525—前456年），古希腊三大悲剧家之一，贵族出身，生活在雅典奴隶主民主制度兴起的时期。他歌颂雅典的民主自由，反对专制，提倡爱国主义，力图使先进思想与传统观念调和起来。一生写了70个剧本（一说90个），传下来完整的悲剧有7部：《乞援人》（公元前490年左右）、《波斯人》（公元前472年）、《七将攻忒拜》（公元前467年）、《被缚的普罗米修斯》（公元前465年演出，一说公元前469年）、《阿伽门侬》（公元前458年）、《奠酒人》（公元前458年）、《报仇神》（公元前458年）。其代表作是《被缚的普罗米修斯》。埃斯库罗斯的作品题材大都来自神话，但有自己的解释，反映了一定的现实生活。他的悲剧作品对于后世西方戏剧有深远的影响。

第十篇　美狄亚

作品评价

《美狄亚》是欧里庇得斯的代表作，写于公元前413年。故事着重刻画了美狄亚的复仇心理，对妇女的卑微地位和不幸遭遇表示了深切地同情。其作品语言通俗易懂，人物的心理描述极其细腻，充满了浪漫情调和闹剧气氛，对后世剧作家有很大的影响。

故事发生在遥远的古希腊英雄时代，科任托斯城内。伊阿宋的妻子美狄亚此刻正在遭受巨大的心灵折磨和仇恨煎熬：与她相爱十年的丈夫抛妻弃子，准备和科任托斯城国王克瑞翁的女儿格劳刻成亲。美狄亚悲痛欲绝，整天躺在地上，不吃不眠，全身心沉浸在悲伤中，美丽的眼睛里满是泪水。她呆呆地望着地面，面容日见憔悴。只有当她悲叹自己亲爱的父亲、祖国和家乡时，她才会转动她那美丽、雪白的颈脖，痛苦地呻吟着。她不相信曾经那样爱自己的丈夫居然会如此背信弃义、冷酷无情……

美狄亚是科尔喀斯城邦国王埃厄忒斯的女儿，在地狱女神赫卡忒神庙做女祭司，会使用神奇的法术。十年前伊俄尔科斯城邦国王埃宋的儿子伊阿宋前往科尔喀斯取金羊毛，美狄亚疯狂地爱上了这个异邦的小伙子。她用自己的法术取得了金羊毛，并为了这个异邦人叛离了家乡和亲人；还设计让伊阿宋把前来追赶他们的哥哥杀死，把他的肉体切成碎块，抛进了大海中……之后两个人回到伊俄尔科斯，享受着爱情的甜蜜。

美狄亚又回想起了那段惊心动魄的经历：

伊阿宋的叔父珀利阿斯很早之前就一直觊觎埃宋的王位，而且后来还被他成功篡夺了。珀利阿斯后来虽然答应把王位让给伊阿宋，但有一个条件，那就是要伊阿宋去科尔喀斯把金羊毛取回来。可等伊阿宋取回金羊毛后，埃宋早已经被珀利阿斯杀死了。之后是美狄亚用魔法诱劝珀利阿斯的女儿杀死了她的父亲，替伊阿宋报了不共戴天之仇。但他们也因此被珀利阿斯的儿子赶出了城邦，只好流亡到科任托斯，开始了安定、甜蜜的日子。

伊阿宋深知自己的一生都要感恩妻子，因为他能活到今天，过上幸福的日子，靠的都是美狄亚。因此他对妻子疼爱有加，使美狄亚享受到了浓浓的爱意。

时光流转，十年弹指一挥间。岁月无情地带走了美狄亚的如花美颜，爱情被时光稀释，伊阿宋对妻子的忠诚也随着光阴远去了。很快，年轻漂亮的公主格劳刻就点燃了伊阿宋心里熄灭已久的热情，他最终背叛了自己的结发妻子，投进了格劳刻的怀抱。并且已经离开了曾经温暖的家，准备结婚了。

往事的回忆使美狄亚更加痛苦不堪。她恨伊阿宋，恨这个家，甚至恨她那两个可爱的儿子！但祸不单行的是，被无情抛弃的美狄亚又遇到了新的灾难——科任托斯国王克瑞翁要把美狄亚和两个孩子驱逐出境。

美狄亚的心此时再也承受不住这些沉重的打击了，她恨不得立刻死去。但是，外表极度柔弱的美狄亚却是个内心绝对坚强的人，此刻她心底的顽强和暴戾的脾气、仇恨的性情同样巨大。就像已布满愁惨乌云的天空，马上就会爆出狂怒的电火来。真正狂躁起来的美狄亚，真的不知道会干出什么可怕的事来！

果然，愤怒的已经丧失了母爱的母亲看见两个可爱的儿子走进屋来，就恶毒地诅咒他们说："你们两个该死的东西，一个心中装满仇恨的母亲生出来的东西，赶紧和你们的父亲同归于尽，最好是一家人都死得光光的！"尽管有老奶妈阻拦，责备她这样做会酿成更大的灾难，但愤怒的美狄亚此时已经失去了理智，她满腔的怒火不知该向何处发泄。悲愤和仇恨像是烈火一样炙烤着她的心，那感觉像是针刺般疼痛。她对着苍天嚎啕大哭："愿天上的雷火飞来，劈开我的头颅吧！我现在活着还有什么意思？我宁愿现在就死，让死亡平抚我的心情！"

美狄亚此时又想起了自己和伊阿宋的往昔。伊阿宋在取到金羊毛带着美狄亚逃走以前，曾发誓要白头到老。而正是因为爱情的诱惑才使得美狄亚狠心地设计杀害了前来追赶自己的哥哥，也因此阻止了父亲的追赶。美狄亚为爱情付出的巨大代价，最终却只换回这些，想到这里，她向天神宙斯，向天上司管法律、正义与誓言的忒弥斯女神大声呼叫："天神啊，我虽然曾经用庄严的盟誓圈住了我的丈夫，但现在却遭受了这样的痛苦折磨！给我力量，让我亲眼看着他们一家人毁灭吧！啊，我的父亲、我的故乡啊，我现在真后悔曾经杀害了自己的兄长，离开你们，是我最后悔的决定啊！"

美狄亚悲惨的呼叫和痛苦的呐喊，很快就引起当地妇女们的强烈共鸣。她们都跑到美狄亚家门外，让保姆把美狄亚领出来，她们要劝解一下她，平抚她波动不安的心绪，平息她胸中的愤懑。

美狄亚意识到这是个绝好的机会，正好可以利用它将自己的不幸遭遇讲出来，好博得她们的同情。这样自己将来的报复行动就会得到拥护和理解。所以她擦干眼泪，对大家的关心表示万分感激，她尽情地哭诉自己的不幸。"我现在正在经受心灵的煎熬，曾对我发誓白头偕老的丈夫现在抛弃我跑到了另一个女人的怀抱。我现在宁愿死掉，活着对我来说已经没有半点乐趣了。"众女人七嘴八舌地开导她，她抽泣着说："在一切有理智和灵性的生物中，女人是最不幸的一个。"她感慨地说："到了一定年龄的女人还不出嫁本身就是很不幸的；但要结婚的话，就要贴上重金来购置家当，结果却让自己无形之中变成了奴隶；要是再嫁个坏家伙，那以后的日子就更会雪上加霜。然而，离婚这个字眼又代表着坏名誉，所以女人千方百计想要把它赶离自己身边。所以，女人要想拯救自己，就要先学会驾驭丈夫，成功了皆大欢喜，人人羡慕，失败了，只有死路一条了。”

“不管怎么说，你们还有自己的城邦、故乡和亲戚朋友，但我只剩下孤零零的一个人。我没有容身之地，只能四处漂泊。所以，请你们一定要帮助我，如果有人想出对付我丈夫和新婚公主的办法一定要告诉我，而知道这件事的每一个人一定要帮我保密，好吗？”

此时美狄亚满腔的悲愤都转化成了滔滔言语，好像开了闸的洪水。她谈古论今，从女人自古以来受到的不平等待遇说到自己的悲惨遭遇，说到自己向负心郎和新婚公主报仇的决心。她意志坚定地说：“女人在平时就是柔弱的代名词，还没走上战场，看见兵戎相见就已经吓得胆战心惊了；可是被丈夫欺骗和蹂躏的时候，她的心就会变得异常毒辣！”

就在这时，克瑞翁国王带着侍从们匆匆赶来了，他恶狠狠地对美狄亚说：“你这面容枯槁、母老虎一样对丈夫发火的美狄亚，现在立刻带着你的孩子离开城邦，出外流亡！不许有半点拖迟，知道吗？”

“克瑞翁，你有什么理由驱逐我呢？”美狄亚愤愤不平地问。

克瑞翁变得更加凶狠霸道：“我没有必要对你隐瞒这个理由，我之所以要驱逐你，就是担心你陷害我女儿。对于这样的担心我是有理由的，首先你天生聪明，而且懂许多法术；其次你被丈夫抛弃心中会有极大的愤懑，这种愤懑很容易会转变为仇恨的力量；更重要的一点是我听人报告你试图威胁嫁女儿的国王、新婚的王子和公主，就凭这一点你就可能做出可怕的事情来。现在不把你驱逐出去更待何时呢？要知道放虎归山，是肯定要留后患的！”

美狄亚见自己的命运已经被安排好了，就装出一副温顺的样子，说：“伟大圣明的陛下，有人因为我聪明就妒忌我，也有人因此而畏惧我。但是陛下，您大可不必如此的，我并没有试图害过您，甚至连这样的想法都没有过，你为什么要对我心生恐惧呢？为什么还要对我如此冷酷呢？你听从心的安排将自己的女儿嫁给他，这本就是无可厚非的事儿。我只是怨恨自己的丈夫，却并不妒忌他们。我请求您允许我继续留在这块土地上，您只管安心地完成这件大喜的事儿，我自然会安安静静地呆在这里的。”然而狡猾的克瑞翁并不打算相信美狄亚的话：“你看起来温顺可人，但我却更加怀疑你话的可信度了。因为一个沉默狡猾的人是比一个激动不安的人更加让人恐惧和难以防备的。你现在赶紧收拾东西，你想继续留在这里，那是绝对不可能的！”之后，无论美狄亚如何哀求，克瑞翁就是不答应。美狄亚最后只好退一步，请求克瑞翁允许自己只多留一天，好给她时间让她决定去哪里找安身之地。克瑞翁歪着脑袋想了半天，才勉强答应了。“但是，”他立刻补充道：“我明确告诉你，如果明天你和你的儿子还出现在我的视线内，那明天就是你们的死期，听见没有？”说完，带着人扬长而去。

国王走后，老奶妈赶紧跑过来问美狄亚要如何渡过难关。可表面柔弱的美狄亚此时正在谋划别的，对于容身之地根本就没有多加考虑。她已经酝酿好了复仇的计划：要在仅有的一天时间里，叫国王、公主和伊阿宋三个人都变成三具尸体！老奶妈听她这么一说，吓得浑身哆嗦，她劝美狄亚要三思后行，否则她自己和孩子都会遭殃。但心意已决的美狄亚现在哪里还听得进去，她现在犹豫的是用哪个方法好：是烧毁他们的新房，还是偷偷摸进新房里，趁他们不备用锋利的剑狠刺他们的胸膛？她感到后面这个办法不保险。因为一旦失手被人抓住就会万劫不复，不但保不了命还会被仇人嘲笑。突然她灵机一动，对！最好的办法还是用她最熟悉而且最便捷的办法——用毒药害死他们。她对着闺房内壁龛上的地狱女神赫卡忒默默起誓：“他们里头绝对没有一个人能在伤害我之后不遭到报应！我要把他们的婚姻搞得天下大乱，让他们懊悔最初的选择，懊悔不该驱逐我出境！”

善良的老奶妈问美狄亚把他们害死之后，自己去哪里容身呢？因为没有一个城邦愿意接受杀人凶手，也没有城邦愿意为杀人凶手提供这样的容身之地。对于这个问题美狄亚也在思考，所以她打算等到自己找到能容身的城堡之后再动手。但如果厄运将她逼上绝路，她也会不顾一切地杀死他们。然后勇敢地沿着这条路一直走下去，即使自己可能活不成。

就在这时，伊阿宋气嘟嘟地跑来了，他责备美狄亚糊涂、愚蠢，竟敢公然反抗和咒骂国王，叫人驱逐出去就是活该！美狄亚对于伊阿宋的为人已经看得十分透彻，所以他一出现她的怒火就冲上了头顶，大骂伊阿宋混蛋，让他赶紧离开。伊阿宋自知理亏，只好厚着脸皮继续和美狄亚假惺惺地说话："夫人，其实我很关心你的，我曾经竭力劝国王平息怒火，为的就是能让你和孩子继续留在此地，恐怕你带着儿子出去流亡受苦。现在即使你马上就要被驱逐出去了，我还是会竭尽全力地对待你。我现在来就是想看你有什么需要帮助的地方，如果你需要什么东西的话，一定要告诉我，我会竭尽所能地帮助你的。"

美狄亚对于这个负心郎的丑恶嘴脸早就一清二楚，她大骂他卑鄙无耻，历数自己在紧要关头帮助他脱险的经历，现在他居然恩将仇报，将自己抛弃了，还要将自己和孩子驱逐出去，还害得自己现在无处容身。她悲愤地诅咒伊阿宋："你知不知道你已经是两个孩子的父亲了，居然还像没有子嗣一样的干出如此丑恶的事情来？难道你不知道人在做天在看吗？你以为神明已经不管这个世界了？你有没有想过你会受到怎样的辱骂？你在新婚之夜洞房花烛的时候，你的儿子和救命恩人可能正在外面行乞啊？"之后她反问苍天，"啊，宙斯，你为什么只给人类试金石来让众人辨别金子的真伪，却不在人类的肉体上打上烙印，来让众人辨别人的善恶呢？"

伊阿宋却为自己的卑鄙狡辩说，当时自己被美狄亚救是爱神对他的恩惠，即使当时是美狄亚救的他，那美狄亚因此得到的恩惠也几乎可以补偿一切了。"你从一个蛮荒地带来到繁华的都市居住，才有可能知道什么叫公道和法律，知道不是什么事都要讲求暴力；而且全希腊的人都听说你很聪明，你才因此有了名声！试想如果现在你依然住在原来的城邦，还会有人称赞你吗？”至于他和公主的婚姻，伊阿宋也有辩解的理由，他并不是想为自己打算，而是为了拯救整个家庭，为了将来活得更好。“自从我们开始流亡后，还有什么比娶国王的女儿更能帮助自己摆脱苦难呢？我要把我的儿子们调教出来，让他们以生在这个门第为荣；你生的孩子和他们将来的弟弟们生活在一起，那将是多么有福气的事情啊！你也是为人母，要懂得为孩子着想。我现在要利用未来的儿子帮助现在的两个儿子，难道就错了？你们女人就是这样，因为被妒忌蒙蔽双眼，就随意指责别人，任何事情在你们眼里都会变得十分可恨。”

伊阿宋的振振有词并不能改变美狄亚对他的看法，美狄亚也知道他的虚伪是不可能这么快就转变的。“闭上你的臭嘴吧！你之所以要娶公主，是担心娶一个野蛮地方来的女人会让你老了脸上无光。”

伊阿宋继续强撑着辩解：“我再说一遍，我娶公主不是为了爱情，而是为了我的儿子们都有个好前程，现在这样做就是最好的免遭贫困的保障。”

美狄亚鄙夷地笑了：“那就让我和孩子一起来感谢你的恩赐吧！”

伊阿宋见自己说服不了美狄亚，就想用金钱来收买她。答应写信给自己的朋友，请他们款待和照顾美狄亚母子，美狄亚一口回绝了他：“收起你的好心吧，我不需要任何接济和款待。而你的帮助我尤其不会接受，因为一个坏人送的东西会有什么用处吗？”听到这儿，伊阿宋只好灰溜溜地夹着尾巴走了。

伊阿宋的虚伪和无耻让美狄亚更加心绪难平，她闷闷不乐地坐在房里，心情更加抑郁狂躁。

这时候家仆来报，说有客人前来拜访。美狄亚出来一看，原来是埃勾斯，雅典城邦国王播狄翁的儿子，他们是在伊阿宋的阿耳戈船上认识的。埃勾斯结婚后没有子嗣，他此次就是为了求子嗣才去阿波罗颁发神示

的古庙上求神去的。他告诉美狄亚了那晦涩难解的神示——

“你这人间最有权力的人啊，在回到雅典的土地之前，切不可解开那酒囊上伸着的腿。”埃勾斯本来可以由陆地直接回雅典的，但他不懂这神示，就决定绕道去特洛曾尼亚，请精通神示的庇透斯城邦国王解释给他听。途经这里，想起了伊阿宋夫妇这对老朋友，就决定前来探望，叙叙旧情。

埃勾斯一进门的时候就觉得美狄亚有点不对劲，现在看她面有泪容，就问她为什么这么哀愁。美狄亚悲伤地说自己和孩子被伊阿宋抛弃，马上又要被克瑞翁国王驱逐出境了。埃勾斯听后大吃一惊，不敢相信这是真的。他大骂伊阿宋无情无义，对美狄亚表示深切地同情。此时美狄亚脑袋中萌生了一个新的想法。她哀求埃勾斯说：“埃勾斯，可怜可怜我吧，别眼睁睁地看着我被驱逐出去，请你收留我好吗？让我到你的城邦里去，好吗？我万分感激你的，凭我精湛的法术，一定能让你拥有子嗣的，这样你死的时候就有儿女送终了。”

一想到自己能实现有子嗣的梦想，埃勾斯高兴地伸出了友谊之手。“只要你能够到我的城邦去，我一定尽一切所能地保护你，因为这是我应尽的义务。但是，”埃勾斯接着说，“有一个条件，那就是你得自己离开这里，我不想得罪我的东道主克瑞翁，所以不便帮助你。”

“仁慈伟大的埃勾斯，”美狄亚感激地说，“我明白你的处境，所以不勉强你做为难的事。但是你必须对上天起誓，在我进入你的城邦后绝对不驱逐我出境；只要你还活着，如果我的仇人想要把我带走，你一定要加以阻止，不让他们把我带走。”埃勾斯发誓一定会遵守诺言，否则就要受到严厉的惩罚。

这下美狄亚的心就放回了肚子里，等复仇计划实现后自己就有容身之地了。埃勾斯走后，她就开始认真考虑自己的复仇计划了。她仔细谋划了一番，最终决定：先打发仆人去请伊阿宋，假装甜言蜜语地顺从他的决定，并求他收留自己的儿子；然后再打发儿子捧着那件已经事先抹过毒药的精致的袍子和金冠以礼物的名义赠送给公主。随后可怕的事情就会发生：只要公主沾着这些衣物时，她和所有接触过这些东西的人就会全部死掉。

但是很快她的心就变得肝肠寸断了，因为这个计划需要她付出极大的代价——杀死她的两个儿子。一想到这里，美狄亚就伤心地哭起来。但是一切都是出于无奈，因为只有这个办法最能惩罚伊阿宋，只有它能让他心如刀割。她咬牙切齿地说："从今以后他再也没有机会看见我为他生的孩子了，而他的新娘则会悲惨地死去，不能替他生孩子，他将终生没有子嗣！"

平常温良恭顺的美狄亚，此时已经完全被仇恨改变了模样，她要孤注一掷了！

随后家仆就请来了伊阿宋。伊阿宋不知道美狄亚是不是要耍什么诡计，心里忐忑不安的。美狄亚则一反常态，笑脸相迎，并且语气温和地说："请原谅我曾说过的那些话，都怪暴躁的情绪让我变得思维混乱了。你走后，我在心里骂了自己半天——你这个不幸的人呀，为什么要把别人的好心忠告当做仇敌来看待呢？为什么要仇恨国王和你的丈夫呢？他娶公主为的是你的儿子将来更加前途光明，你为什么还不赶快平息怒气呢？我每想到这些，就觉得自己非常愚蠢，愚蠢至极！你娶公主实在是聪明之举，是为了我们孩子的利益着想。我不会再像以前那么傻了，我会协助你完成计划，高高兴兴地伺候你的新娘的。请你念在我们夫妻一场的份上，就原谅了我这次吧。"之后又叫两个孩子出来拜见父亲，并对孩子们说："赶快亲吻你们的父亲吧，让我们忘记所有的仇恨，相亲相爱吧！"

但是一看见儿子们可爱的面容，美狄亚就变得非常激动。她一想到自己马上就要送他们去死了，自己可能再也没有机会看到自己的孩子了。想着想着，泪水不禁夺眶而出。她失口嚷道："我忽然想起那暗藏的祸患！我的孩子呀，你们还能活多久，你们以后还能不能展现那可爱的笑脸啊？”

伊阿宋摸着两个儿子的头，亲热地说：“孩子们，我已经预先为你们作了安排，你们和未来的兄弟将会成为科任托斯城最高贵的人！孩子们，快快长大吧！”但对于美狄亚的絮絮叨叨并没有听太清，后来看她泪流满面就惊讶地问她为什么不高兴。美狄亚赶紧掩饰说是在为孩子们高兴。

美狄亚听见伊阿宋说到孩子们的未来，心里更加难过，她脸色苍白，浑身虚软，但复仇的意志支撑着她，让她的决心变得更大。她按照规划好的复仇计划再次请求伊阿宋：“既然国王要驱逐我出境，我最好还是知趣地离开这个是非之地，去外面流亡。但是，我可怜的孩子们，这么小不适合外面的颠沛流离。请你一定要请求克瑞翁不要也把他们驱逐出去，你要好好抚养他们长大。”

最后还一再叮嘱伊阿宋要尽量向国王求情，千万不要让她的孩子惨遭驱逐。为了表达自己的谢意，她决定赠送公主一点儿新婚礼物——一件精致的袍子和一顶金冠。这些衣饰是美狄亚的祖父赫利俄斯传给后人的，这是世界上最美丽的东西。随后美狄亚叫来自己的两个儿子，让他们每个人捧一件礼物，去进献给美丽的公主新娘。

伊阿宋对于美狄亚的请求自然满口答应，至于送公主的礼物他觉得倒是没有什么必要。他看了看袍子和金冠，对美狄亚笑笑：“你觉得王宫里缺少袍子、黄金一类的饰物吗？对这点我了解得很清楚，只要那个女人看见我，她宁可选择我，也不会选择饰物的。”

“话可不能这样说啊，”美狄亚也笑着说，“好礼物可是连神明都能诱惑的。要知道用黄金来收买人，是远胜过千言万语的。只要能救我的儿子，保证他们不被放逐，别说是黄金了，就是我的生命我都舍得。”她又转过身，大声嘱咐两个儿子道，“孩子们，等你们进了富丽堂皇的王宫，就把这些饰物亲手交给美丽的公主新娘，恳求她不要驱逐你们出境。千万要记住，礼物一定要新娘亲手接受。你们现在就去吧，我在这里等着你们的好消息。”

很快家仆就带着两个孩子从王宫回来了。家仆高兴地告诉美狄亚：“我的主人，你的孩子不会惨遭驱逐了，公主开心地亲手接受了你的礼物，并承诺不会驱逐孩子们。今后，你的孩子就可以在宫中平安地生活了。”

家仆原以为这个消息美狄亚听后一定会满心欢喜，谁知，美狄亚听后却惊慌失措，脸色惨白，一个劲地叹息着，眼泪像是断了线的珠子一样落下来。善良的家仆以为美狄亚是在为母子离别伤心，所以安慰她说孩子长大后会去接她的。但事实上，美狄亚却是在感叹自己把骨肉亲手送到了死神手里。两个孩子高兴地扑到妈妈怀里，美狄亚用颤抖的手轻柔地抚摸着孩子的头，悲伤地说：“可怜的孩子呀！你们很快就要变成没有妈妈的孤儿了。在我还没来得及享受儿子的孝顺之前，在我还没看见你们享受幸福、新婚的欢乐之前，在我还没有为你布置新房、迎娶新娘之前，我就要被驱逐，永远地离开这里，流落异乡了。一切都是因为我性情急躁，才受了这样的苦。”强忍着巨大的悲痛，美狄亚继续说，“孩子，我真的是白养活了你们，我原本以为你们可以给我养老，在我死后亲手装殓我的尸体，要知道这些都是我一直向往的事情啊！但现在，这些念头被完全打消了，因为我们很快就要分隔两地，我将在我的后半生过颠沛流离的生活，而你们则会锦衣玉食，平安地度过自己的一生。所以不要再用这可爱的眼神看着你们的母亲了。”

两个天真年幼的孩子根本不可能完全明白母亲话中的意思，更不知道母亲希望自己做什么。他们用明亮可爱的眼神继续望着自己的母亲，脸上露出甜甜的微笑。这好像一把利剑直接插进了美狄亚的心里，她的心彻底乱了。她自言自语道：“我决不能那样做！我得取消原来的计划，带着自己的孩子赶紧走！为什么要因为惩罚伊阿宋而使自己尝到双倍的痛苦呢？不行，我一定要取消我的计划！”

但是，等她的头脑逐渐冷静下来，复仇的火焰重新在她心中点燃，她又严厉地责备自己的软弱：“我到底是怎么了？难道就这样饶恕自己的仇人，让他们尽情地嘲笑自己吗？我一定要勇敢一些！公主现在已经接受了礼物，很快就会死了。国王的亲人在看到公主死后，一定会前来追杀我和我的孩子的。”为了不让自己的孩子落到仇人手里，美狄亚下定最后的决心：“我不允许任何人侮辱我的孩子！既然他们非死不可，就让生了他们的父母来亲自施行吧！命运既然注定了一切，就不要再逃避了。”

她知道，此刻在王宫里，公主已经戴上了金冠，死在袍子里了，因为药效应该已经发挥作用了。既然自己已经选择了一条不归路，就只能毫不心软地走下去了，愤怒和痛苦彻底操控了这个女人，她已经完全丧失了理智。

正当美狄亚考虑下一步该怎么办的时候，伊阿宋的仆人气喘吁吁、神情慌张地跑来告诉美狄亚，说国王和公主都死了。他是特意跑来叫美狄亚赶快逃走的。

听到消息后的美狄亚高兴地让仆人给她讲述国王和公主死亡的过程。她快乐地说：“如果他们死得非常悲惨，那对我将是莫大的好消息。”

仆人疑惑地看着美狄亚，讲出了国王父女俩被毒死的悲惨过程：

当美狄亚的两个儿子走进王宫的时候，所有的原来仆人都为他们夫妻俩和好如初感到高兴。公主新娘看见孩子走进新房，心里十分憎恶，就连忙用袍子盖上了眼睛。伊阿宋赶紧出来打圆场，来平息公主的怒气：“请不要对你的亲人这么厌恶，承认你丈夫的亲人吧！请你接受这些礼物，并请求你的父亲允许两个孩子留下来，不要再驱逐他们了。”公主看见那两件美丽的饰物，就愉快地答应了伊阿宋的请求。等孩子和父亲走出新房的时候，公主迫不及待地将彩色袍子穿在身上，把金冠戴在头上，对着镜子梳起妆来。对于这两件礼物，她很满意。

就在公主美滋滋地照着镜子的时候，可怕的事发生了！公主的脸色突然变得异常难看，摇摇晃晃地站不稳，身体一歪就倒在了椅子上，并不住地颤抖着。不一会儿，就开始口吐白沫，瞳孔上翻，皮肤没有了血色，公主惊恐得大声喊叫。仆人赶紧去报告国王和伊阿宋，整个皇宫顿时一片混乱。就在公主痛苦地呻吟的时候，头上戴着的金冠突然冒出了熊熊的烈火，并很快引燃了身上精致的袍子。细嫩的肌肤不断地被火燃烧着，公主痛苦地满地乱跑，拼命想将金冠摇下来。可谁知金冠却越抓越紧，火也变得越来越旺。公主最终倒在地上，整个身体被烧得没有了人样，全身上下一片血肉模糊。身上不断有松油似的油状物滴下来，场面简直惨不忍睹！

国王不知道到底发生了什么事，他跑进来，扑在女儿的尸体上，放声痛哭。他用双手紧紧地抱住女儿的尸体，亲吻她血肉模糊的脸，大声哭喊："我可怜的女儿呀！究竟是谁害死了你？是哪位狠心的神明要让我白发人送黑发人？我的孩子啊，让我跟你一块死吧！"等他好不容易止住哭声，想要站起来的时候，他年迈的身体却被粘在了袍子上。那场面简直太可怕了：国王每次使劲往上抬身体的时候，他老朽的肌肉就从骨头上分割开来。就这样，老国王最终死了。

仆人临走前，再次叮嘱美狄亚一定要赶紧想办法逃走。美狄亚此时却更坚定了决心，杀死儿子后再离开。她绝对不能让自己的孩子落在残忍的敌人手里，那样自己将会永世不得安宁。她的心在痛苦地颤抖，但她还是咬紧牙关走进了屋里。看着两个熟睡的孩子，她狠心地举起宝剑，很快屋里就传来了孩子们的呼救声和痛苦的呻吟声。但一会儿，一切又归于寂静。

伊阿宋听到公主死亡的消息后，就气急败坏地跑来跟美狄亚算账。他知道这一切都是美狄亚一手制造的，他一定要狠狠地诅咒她，并想办法保住孩子的命。他预感到美狄亚为了逃避克瑞翁的追杀，而率先杀死自己的孩子。

然而当他进门的时候，看到的却是人间惨象：一把涂满鲜血的锋利宝剑被扔在地上，他的两个宝贝儿子悲惨地躺在血泊里。

伊阿宋顿时肝肠寸断，他抬起干涸的双眼，想问问苍天到底有没有神明。一抬头却看见美狄亚乘着她祖父赫利俄斯送给她的龙车，带着两个儿子的尸体出现在空中，正在施展法术。

伊阿宋勃然大怒，他指着美狄亚大骂："你这个万恶的东西，你这个人人得而诛之的坏女人，居然残忍地杀害了我的孩子，让我变成了一个没有子嗣的人！你这个该死的东西！你简直不是人，而是一只希腊来的怪物！你让我的新婚变成了葬礼，让我在还没有享受儿子孝顺的时候让他们彻底消失了，我已经彻底完了！但是我告诉你，我会一辈子辱骂你、诅咒你，全希腊的人都会一直辱骂你！"

美狄亚看着伊阿宋悲痛欲绝的样子，感到莫大的欢喜。她高兴地对他说："随便你怎么辱骂我、诅咒我，你抛弃妻子，就应该受到这样的惩罚。现在我终于看到你肝肠寸断了，你再也不能嘲笑我了，我真的太高兴了！"

"啊，孩子啊，你们的在天之灵看到你母亲的残忍了吗？"

"孩子们，都是你父亲的恩将仇报害了你们！"

……

他们相互咒骂着，承受着巨大的悲痛，指责是对方害死了儿子们。最后伊阿宋请求美狄亚把儿子的尸体给他，他要好好安葬他们，为他们超度。

"这怎么可以？"倔强愤怒的美狄亚一口拒绝了他，"我要带他们到海角上赫拉的庙地里，亲手埋葬他们，使他们免遭仇人的侮辱，让他们得到安宁。我还要在那里为他们举行隆重的祝典与祭礼，为自己赎罪。我自己则要到雅典去，请埃勾斯收留我。”她指着伊阿宋冷笑了一下：“你这坏东西，尽管已经亲眼看到了新婚的下场，更悲惨的下场还在等待你：你终不会得好死的！”

伊阿宋同样悲愤满腔地诅咒美狄亚：“你这十恶不赦的坏女人！但愿孩子们的报仇神和报复凶杀的正义之神把你彻底毁灭！”他还渴望再抚摸一下孩子细嫩的身体，亲吻一下他们娇嫩的嘴唇，可不管伊阿宋怎么说，美狄亚就是不答应。伊阿宋对着茫茫苍穹，悲哀地大声呼号：“啊，宙斯呀，你都听见了吗？听见这人人得而诛之的母狮子怎样叫我受苦了没有？”

而这一切，正是美狄亚费尽心机想要看到的最终结果！

随后，美狄亚乘着龙车，带着心爱的儿子们的尸体，悲痛地向着遥远的天边默默地飞去了。

作者小传

欧里庇得斯

（约公元前480—约公元前406），古希腊三大悲剧家之一。出身贵族。相传写有悲剧90余部，现存《美狄亚》、《希波吕托斯》、《特洛亚妇女》、《阿尔刻斯狄斯》等18部。剧作虽大都取材于神话，但着重表现的是自由民的思想感情，而使神话题材富有现实意义，广泛反映了雅典奴隶主民主政治危机加深时期的许多现实问题。代表作《美狄亚》约写于公元前413年。剧作着重刻画的是美狄亚的复仇心理，对妇女的卑微地位和不幸遭遇表示了深切的同情。是古希腊悲剧代表作品之一。其剧作语言接近口语，尤擅长描写人物心理，充满浪漫情调和闹剧气氛，对后代剧作家有很大的影响。